の御前

女剣士 美涼1

藤 水名子

時代小説
二見時代小説文庫

目次

枕橋の御前——女剣士 美涼 1

第一章　心願叶《かな》わず

一

御本殿へのお参りもそこそこに、慌《あわ》ててひいた御神籤《おみくじ》は小吉《しょうきち》だった。

「心願叶わず」と書かれたその札を、美涼《みすず》は内心舌打ちする思いで、池の傍《かたわ》らにある梅の木の枝に結びつけた。

その姿を、若い娘たちが、珍奇なものを見る目であからさまに注視している。

男の装束を身に着け、二刀を手挟《たばさ》んだ美涼の男装は、派手な元禄小袖《げんろくこそで》に金糸銀糸をふんだんに使った唐織の錦の袴《はかま》など、ひと目で女子とわかるお洒落《しゃれ》目的の男装とはわけが違う。堂に入った立ち居振る舞いのせいもあろうが、どこから見ても、立派な武士——若い男に見えた。だから娘たちは奇異に感じる。通常、武士は御神籤などひかぬものだし、それを丁寧に木の枝に結びつける姿も珍しい。

（仕方ないだろう、こんな縁起の悪い神籤、持って帰るわけにはいかないんだから）

娘たちの好奇の視線に耐えながら、細く折り畳んだ札を結び終えた美涼は、足早にその場を離れる。

今日は十五の日の縁日だ。深川八幡《ふかがわはちまん》の境内は、いつもながらの賑わいである。

武門の頭領である源氏の氏神を祀《まつ》った朱塗りの本殿は、境内に植えられた大蘇鉄《おおそてつ》とともに、江戸の名物の一つであるが、近頃若い娘の参拝客が多い理由は、神籤がよく当たると評判になっているからに他ならなかった。まだまだ、大鳥居をくぐってくる年頃の娘は引きも切らない。

皆一様に美涼に視線を向け、束の間陶然と見惚《ほ》れている。ときには商家の若女将《おかみ》、武家の若後家《ごけ》風情《ふぜい》の女たちも、熱い視線を向けてくる。無理もないだけのその美男ぶりを、逆に忌々《いまいま》しい思いで、男たちは見ているだろう。

中には、わざと肩を当ててきて、舌打ちをしてゆくような不作法な者もいる。日頃は礼儀正しい人柄の者でも、いざ人混みの中に入り、人いきれにあたると別人の如く変貌する者は少なくない。

男装で他行《たぎょう》した際には、そういう輩《やから》から因縁をつけられることも屢々《しばしば》ある。だから美涼は足を速めた。目的を達した以上、長居は無用だ。早足で、一途《いちず》に人波を掻き分ける。

（当たると評判だから、わざわざ遠回りして来たのに……）

臍《ほぞ》を嚙み、口惜しく思い、己自身を呪いたくもなる。

境内に漂う熱気を背にうけながら、美涼は足早に石段を下り、参道に出た。

かんかんのう　きゅうれんす
きゅはきゅできゅう
さんしょうならえ

調子っぱずれな野太い歌声が、いやでも耳に飛び込んできた。

縁日に浮かれた酔っぱらいが興にのり、どこかでかんかん踊りを踊っている。元々は長崎の遊興街から発生した端唄《はうた》だが、全国に広まるうちに、次第に卑猥《ひわい》な俗謡の体《てい》をなすようになった。

にいくわんさん

いんびんたいたい……

歌もひどいが、伴奏の三味線や鉄鼓《かね》がまた輪をかけてひどく、耳障りなこと、この上ない。下品な歌詞に混じって、男たちの巫山戯《ふざけ》た笑い声も聞こえてくるから、大方《おおかた》そこいらの空き地にでも屯《たむろ》して、車座で飲んでいるのであろう。

長崎育ちの美涼は、唐人たちが宴席で好んで歌い踊ったこの唄が、そもそも「九《きゅう》連環《れんす》」という清楽《しんがく》の歌詞をもとにした恋の歌なのだということくらいは知っている。

だが、詳しい意味までは知らなかった。

つい先日、そのひとから、

「かんかんのう九連環とは、切っても切ってもなお切れぬ九つの輪——即ち、断ち切ろうとしても決して断ち切ることのできぬ思いの強さのことだ」

と教えられ、脳天に杭を打ち込まれたかと錯覚するほどの衝撃をうけた。

以来、その唄を耳にするたび、無意識に頰の赤らむ思いがする。そのとき、まるで己の本心をそのひとから言い当てられたようで、美涼は激しく狼狽《ろうばい》した。淡々と言葉を継ぎながら彼女を見つめるそのひとの瞳はいつもと変わらず静かなものだったが、美涼には揶揄《やゆ》されるよりもなお気恥ずかしくてならなかった。

忙《せわ》しなく参道を行き来する人の数は夥《おびただ》しい。少し前に流行《はや》った長楽寺《ちょうらくじ》小紋《こもん》の小袖に、古びた遠州緞子《えんしゅうどんす》の袴という地味な出で立ちは、それでもなお美涼の美貌を隠しきれてはいなかったが、人波に紛《まぎ》れてしまうには充分だった。

度重《たび》なる奢侈《しゃし》禁止令のせいで、行き交う人々の服装は一様に暗い。折角《せっかく》の晴天も曇り空に思えるほど、暗く沈んだ色合いの人波が行く。

それでも、縁日の賑わいに変わりはない。

異国船が、出島以外の港に度々来航し、その度に幕閣が騒然としていることなど、所詮《しょせん》庶民の与《あずか》り知らぬことなのだ。

（江戸は平和だ）

平和過ぎる、と言っていい。

確かに、近年市中に盗賊は蔓延《はびこ》り、辻斬りは横行し、貧しさから物乞いとなる者はあとを絶たない。市井《しせい》の庶民らが一様に幸福であるとは言い難いかもしれない。

だが、地方にあっては、飢饉《ききん》や流行病《はやりやまい》が、忽《たちま》ちにして一村一集落を全滅させてしまうという現実と考え合わせれば、江戸の庶民は遙かに恵まれている。

市中巡邏《じゅんら》の同心たちは概《おおむ》ね有能で、安俸給の割にはよく働くし、なにより、泣く子も黙る、と言われる火盗改《かとうあらた》めが睨《にら》みをきかせている。悪人が悪事を働くのも命懸けなのだ。ために、悪人たちは皆、腹を括《くく》って悪事を働き、その犯罪はより凶悪であるとも言えるのだが。

(要するに、江戸は退屈……)

美涼が江戸に住まうようになってから、早五年の歳月が流れた。

それ以前にも、勿論《もちろん》江戸には住んだ。しかし、二六時中諸国を巡りながら、時折訪れ、束の間滞在するだけのことだった。その頃の美涼にとっての江戸は、決して退屈なところではなかった。

飛鳥山《あすかやま》の花見、川開きの花火見物に神田明神のお祭り……。芝居見物も相撲観戦も楽しかったし、市中に出回っている読本《よみほん》はどれもこれも面白い。市井に暮らす人々は、下々《しもじも》にいたるまでさほど飢えた様子はなく、日々の暮らしを楽しんでいるように見えた。

美涼は江戸が大好きだった。少なくとも、これまでに彼女が見聞してきたどの土地よりも活気に満ち、どの土地よりも佳《よ》いところに思えた。だが、どんなに佳いところでも、長く住めば住み飽きる。いや、飽きるというわけではないが、旅の途次にあった頃が懐《なつ》かしくなり、平板な日常を疎《うと》ましく感じるようになる。

(また、旅に出られたらいいのに……あのひとと一緒に)

美涼の退屈の理由は、結局はその煩悶とともにあった。かんかん踊りの猥雑な調べはなおかん高く、美涼の耳朶《じだ》に響いてくる。

かんかんのう　きゅうれんす

無意識に口ずさんでいる自分に気づくと、美涼は思わず口許を押さえ、頰を赤らめた。

どこかで——いや、すぐ近くで白刃の撥《は》ねる音がしている。

美涼はつと足を止めた。

美涼は目を閉じ、ひたすらに耳を澄ます。

美涼の聴覚は、常人に比べるとかなり優れている。忍びの者が、針の落ちる音も聞き逃さぬ、と聞き、子供の頃毎日針の落ちる音を聞き分ける訓練をした。結局針の落ちる音は聞き分けられなかったが、集中力を養ったおかげで、聴覚は格段に発達した。三町先のひそひそ話なら、耳を欹《そばだ》てずとも、自然と耳に入ってくる。

「てめえ！」

「誰に頼まれやがった！」

白刃の交わる音に混じって、切れ切れの男の怒声が聞こえた。言葉つきは猥雑で、到底《とうてい》武家のものとは思われない。

美涼は無意識に歩を踏み出した。

（地廻《じまわ》り同士の喧嘩？）

だとしたら、勝手にやっているがいい、と美涼は思った。

人出の多い縁日に喧嘩はつきものだし、なにより、江戸の博徒《ばくと》・地廻りは他の何処の破落戸《ごろつき》よりも血の気が多く、威勢がいい。将軍様のお膝元だというのに全く憚《はばか》る様子もなく、ときには武士に対してすら、平気で因縁をつけてくる。

徳川の世となって二百年余、武士に与えられた無礼討ちの特権に変わりはないというものの、実際にそんな乱暴な真似をする武士は少ない。後々の面倒を考えれば、刀など抜かぬにこしたことはなく、そのためには、自ら進んで危険には近づかないのが望ましい。それ故、少なくとも、歴とした禄を食《は》む武士なら、主命《しゅめい》以外で自ら刀を抜くなど殆《ほとん》どあり得なかった。

それがわかっているからか、破落戸どもはなおつけあがり、誰彼かまわず喧嘩をふっかけるのだろう。実際、命以外に失うもののないような輩《やから》は始末に困る。

（あんな奴らを、むざむざつけあがらせておくなんて……）

美涼には歯痒《がゆ》くて仕方ない。

とにかく、理不尽な輩には大鉄槌《てっつい》をくだす――。

それが、二刀を手挟むことを許された階級の人間にとっての、最低限の務めなのではないのだろうか。

くれぐれも、余計なことに首を突っ込むなと、剣の師であり、保護者でもある男からは、厳しく言いつけられている。

だが、その言いつけを、素直に聞けるほどの従順さは、もとより美涼の中にはないに等しい。

（師父《しふ》は近頃、ひどく老《ふ》けられた）

美涼にはそれが気にくわない。

出会った頃から、そのひとは既に中年といっていい年齢に達していたが、当時の彼には、二十代の若者と変わらぬ覇気があった。活き活きとした精気が、その全身に漲《みなぎ》っていた。ときには火のような語気で叱咤《しった》されることもあったし、口より先に手が出ることもあった。端正な外見からは想像もつかぬほど厳しい言葉で導かれ、必要以上に馴れ合うこともなく、今日までできた。

その結果、いまの美涼がある。

（役目を離れたせいだろうか）

とも思うが、実際のところはよくわからない。彼が何故、二千石の旗本の当主の座を、血の繋がりのない養子に譲って早々と隠居してしまったのか。何故彼は未だ妻を娶《めと》らないのか。そして、何故自分のような、氏素性も定かならぬ娘を引き取り、今日まで庇護してきたのか。

美涼にはなにもわからない。わからぬままに、ただときだけが過ぎた。

（…………）

さまざまな思いに、一瞬間ここが何処なのかも忘れかけた美涼の目に、つと、予想だにしなかった光景が飛び込んできた。即ち、弁慶縞《べんけいじま》の着流しの裾《すそ》を激しく乱しつつ必死に応戦する男と、彼に向かって、匕首《あいくち》、短刀などの得物を手に手に殺到する大勢の破落戸たちの姿が——。

大鳥居を出てからどれくらい歩いたか。疎《まば》らに茂った雑木林の尽きるあたり——。

表通りから完全に隠された暗がりは、悪事を行うには格好の場所だった。

避けなければいけない、と頭では知りつつ、どうやら頭ではなく体のほうが、勝手に、刃のぶつかる音と血の匂いに導かれて来てしまったらしい。刃の激しく爆《は》ぜる音にかき消され、かんかん踊りの調子っぱずれな歌声と下手《へた》なお囃子《はやし》はいつしか彼女の耳から遠ざかっていた。

二

「てめえらッ」

藍《あい》弁慶の男の怒声が高く響くと同時に、彼の手にした匕首が鋭く閃き、背後から襲おうとした男の左肩を激しく弾いた。

「うぐぇッ」

左肩から夥《おびただ》しく血を飛沫《しぶ》かせながら、そいつは忽ち《たちま》頽《たお》れる。急所を突かれたわけではないから絶命することはあるまいが、その鮮血の量に、周囲の男たちは明らかに狼狽したようだ。ジリジリと間《ま》を詰めながらも、容易に近づこうとはしない。

「いってえ誰の差し金なんでぇ！」

男がいくら喚《わめ》いても、もとより誰一人答える者はない。多少の抵抗は致し方ない。しかし、なんといっても、多勢に無勢だ。たった一人のその男に対して、襲うほうは五～六人余り。ドッと一度に圧《お》し囲んでしまえば、楽に殺せる。だが、

（あの男、易々と殺されるタマではないな）

美涼はしばし、藍弁慶の男の、隙のない身ごなしに見入った。

素早く身動きして、容易に死角を作らせない。隙もなくぐるりと取り囲んでいながらも、男たちは、彼に向かって順繰りに刃を繰り出している形になる。それ故巧みに防がれてしまい、ときには鋭く反撃されることさえあった。

（相当場馴れしている）

と、美涼は見た。

それ故にこそ、敵も大勢で臨んでいるのだろうが。

（なんにしても、多勢に無勢はいただけない）

とまれ、藍弁慶の男の抵抗がそろそろ限界を迎えるだろうと見えたとき、美涼は無意識に走り出していた。

走りながら、器用に袴の股立《ももだ》ちをとる。木洩れ日の下、白い脛《すね》がチラリと覗くことなど全く気にかけない。なにも考えず、一途に走った。走りつつ、腰の大刀を鞘《さや》ぐるみ抜き取り、鯉口《こいぐち》よりもちょっと下あたりで短く持ち直す。

「………」

少しく疲れをみせはじめ、無防備となった藍弁慶の男の背後を、一人の男の切っ尖《さき》が狙ったところだった。

声もなく近寄った美涼は、間一髪で、その短刀の切っ尖を、刀の鍔《つば》で跳ね返す。

瞬間、なにが起こったかわからず驚いて身を退《ひ》いた男の鳩尾《みぞおち》を、美涼はこじりで、強《したた》かに突いた。

「ぐぇッ」

突かれた男はひと声呻《うめ》き、そのまま地面に頽《くずお》れた。

たとえ峰打ちであっても、力の加減を誤ったり、打ち所が悪かったりすると、大怪我をさせるか、最悪の場合殺してしまう。鞘ならば、そこまでの危険はない……はずだ。

「え？」

急な援軍の出現に驚いたのは、敵よりも、当の藍弁慶の男だった。年の頃は三十がらみ。背中合わせのところまで近づいてみて漸く知ったが、浅黒く日焼けした肌に鋭い眼光——苦《にが》み走った、なかなかに好い男だ。

「油断するな、前を見ろっ」

男の横顔をチラッと一瞥しざま、美涼は叱声を発し、更に刀を横殴りに払う。

グギャッ、

悲鳴と殴打音のないまぜた鈍い音声《おんじょう》とともに、また一人、男が地を這って倒れる。六人中二人が戦闘不能に陥《おちい》った上、思わぬ伏兵が出現したのだ。残る四人の狼狽は言うに及ばない。

「な、なんだ、てめえはっ」

「気にせず、目の前の敵に集中しろ」

という美涼の言葉は、もとより彼女に問いかけてきた男に対するものではなく、苦み走った藍弁慶に向けて発したものだ。

「あ、ああ」

戸惑いながらも、彼は美涼の言葉に行動で応えた。手にした匕首で正面の敵を威嚇しつつ、左腋へ突き入れてきた短刀をかわし、

「この野郎ッ」

かわしざま身を捻《ひね》ると、右側に迫りつつあった敵の土手っ腹へ、強《したた》か蹴り入れた。

「うぐぉッ」

蹴られた男は得物を取り落とし、両手で腹を押さえて蹲《うずくま》る。残る三人は顔面蒼白。立ち向かうどころか、ジリジリと後退《あとじさ》ってゆく。その面上には、隙を見て逃げ出そうという意志がありありと窺《うかが》えた。

が、美涼も藍弁慶の男も、それを容易に赦《ゆる》しはしない。

逃げ腰な三人のうち、二人は、美涼が瞬時にこじりで当て落とした。最後の一人は、さすがに身の危険を感じ、即座に身を翻《ひるがえ》した。多勢に無勢の絶対有利の法則が崩壊したいま、逃げるより他、彼には身の振り方がない。

最早《もはや》為す術《すべ》もなく手放しで逃げ支度に入る男の襟髪《えりがみ》を、藍弁慶の男がすかさず摑《つか》んだ。

「おっと、待ちな」

摑んでグイっと引き戻し、足をすくって地面に引き倒す。既に戦意喪失した相手は容易《たやす》く転んで悶絶した。

「おい」

その襟髪を乱暴に引き上げ、無理矢理顔を捩《ね》じ向けさせると、

「てめえ、死にてえか？」

気息奄々《きそくえんえん》たるそいつの横顔に、問いかける。いや、脅しつけた、と言ったほうがいいだろう。

「た、助けて…くれ」

「なら、てめえらを雇ったのは一体どこの誰なんだ？」

「そ…それは……」

「知らねぇとは言わせねぇぜ」

「………」

大刀を腰に戻しながら、美涼はぼんやり、そのやりとりを聞いていた。凄みをきかせたその声も、片頬を引きつらせた暗い笑顔も、残念ながら善良とは言い難い。そんな男の顔を見るうちに、美涼は少しく後悔していた。

(要するに、破落戸同士の喧嘩にすぎないのに……)

何故むきになって加勢などしたのだろう。そもそも、加勢などする必要があったのか。もし美涼の加勢なしにこの男がこの場で命を落としていたとしても、それがこの男の天命なのだ。見ず知らずの美涼には何の関わりもない——。

「あ、待ってくれよ、旦那」

身を翻して行こうとする美涼を呼び止めようと伸ばしかけた左の二の腕に、三分ほどの幅で二筋、黒ずんだ輪がチラリと覗く。

(罪人?)

男の呼びかけにではなく、その入墨に驚いて、美涼は足を止めた。

「礼を言うよ、旦那。助太刀、ありがとよ」

「いや、礼には及ばぬ」

美涼が応えるのを聞いたか聞かぬか——。

「やい、てめえ、ふざけんなよ。俺ァ、ほんの二、三日前に島から帰《けえ》ったばっかりで、このお江戸で命を狙われる覚えなんざ、なに一つねぇんだよッ」

藍弁慶の着流しの男は、更に強い語気でその男の耳許《もと》に怒鳴る。

（島帰り？）

美涼の眉間が反射的に曇る。

「な、待ってくれよ、旦那。そう言わずに……ちゃんと礼がしたいんだからよぅ」

答えぬ男を締め上げながら美涼に向けてくる言葉を、美涼は心底迷惑に思った。如何《いか》に人気《ひとけ》のない場所とはいえ、大音声で喚く男の声は、容易に人を呼び寄せるだろう。それでなくても、ほんのすぐそこは、縁日に賑わう深川八幡の参道なのだ。

「いまこいつを締め上げて、雇い人の名を吐かせたら、一杯おごるよ、旦那」

「要《い》らぬ」

低い声音《こわね》で短く応え、美涼は今度こそその男に背を向けた。島帰りの男が、何故江戸に戻ってほんの数日のうちに命を狙われたのか——全く興味がないわけではなかった。否、寧《むし》ろ興味はあった。だからこそ、早めに縁を絶ち切るべく彼に背を向け、歩き出した。これ以上は、一瞬たりとも関わりたくない一心で足を速めた。

もし関われば、取り返しのつかないことになる――。

本能的な虞《おそれ》を感じた。なによりも、あのひとに上手《うま》く言い訳できない羽目に陥ることが怖い。

三

式台に立つ隼人正《はやとのしょう》に対して、美涼は恭《うやうや》しく頭を下げた。

「ただいま戻りました」

「うむ」

隼人正は僅《わず》かに顎《あご》をひく。

鬐を結わずに肩口で束ねただけの垂らし髪が軽く揺れ、後れ毛が頬にほつれた。

別に、美涼の遅い帰宅を咎《とが》めるために玄関先に現れたわけではなく、たまたま自分が他行しようとするところへ、折悪しく美涼が帰宅したにすぎない。

「お出かけでございますか？」

だから美涼はすかさず問うた。

「ああ」

隼人正の答えは短く素っ気ない。

美涼も、敢《あ》えて、

「どちらにお出かけでございます？」

とは問わなかった。

余計な口をきいて、痛くもないこちらの腹を詮索されてはかなわない。できればさっさとやり過ごしてしまいたい。

「いってらっしゃいませ、師父さま」

余裕の笑顔で見送ろうとしたとき、

「今日は何処に行っていたのだったかな」

草履《ぞうり》をつっかけて何歩か歩いたところで隼人正はつと足を止め、背中から問うてきた。

「…………」

一瞬間、美涼の呼吸が止まる。

「お忘れでございますか」

だが、次の瞬間には反射的に言葉が口から流れ出た。

「本日は、師父さまのお言いつけで、ご本家にお届け物をいたしましたあと、広小路のあたりなど、少々散策をいたしました」

「ほう、散策をな」

隼人正の口の端が、そのとき目に見えて弛《ゆる》んだ。

「半日もかけて、一体何処をどう、散策しておったというのかな」

そして、謡《うた》うように朗々と嘯《うそぶ》く、その美声。思わず聞き惚れそうになるのを辛うじて堪《こら》え、

「観音様の縁日でございましたから、浅草寺《せんそうじ》へも……」

口籠もらぬよう、言い淀まぬよう、注意深く応えてゆく。

「なに、浅草寺とな？」

隼人正の面上に、忽ちにして喜色が満ちるが、美涼はそれを夢にも知らない。

「橋を渡ればものの四半刻もかからぬ浅草寺の縁日などに、今更そなたが、なんの楽しみあって出かけるというのだ。どうせ広小路を散策していたと言うなら、見世物小屋でも覗いていた、というほうが、余程気の利いた言い訳になる」

「では、そういうことにいたします」

とはさすがに言えず、美涼は沈黙した。こういうとき、矢鱈《やたら》とねちっこい口調でか

らんでくるようになったのもこの数年のことで、少なくとも、以前の隼人正にはそういう底意地の悪さはなかった。

（年のせい？）

と美涼が思ってしまうのも無理はない。

「まあ余程物珍しいあたりの縁日に出かけたのであれば、浮かれてときを忘れるというのも仕方のない話ではあるがな」

そこまでわかっているなら、もう、いいではないか。美涼は悲鳴をあげたくなる。十一の齢まで廓《くるわ》にいた過去を持ちながら、隼人正以外の男というものに殆ど親しむ機会を得ずにきた美涼には、到底想像もできないのだ。五十になった男にも童心があり、若い養女をからかい、自分の思いどおりの反応をみせるのを見て内心楽しんでいるなどとは。

「御前《ごぜん》、お話は、お戻りになられてからになさったほうがよろしいのでは？」

隼人正の供《とも》をするため、玄関先で控えていた小者の甚助《じんすけ》が、見かねて助け船をだしたのがいけなかった。追い詰められている張本人の美涼でさえもが、まずい、と思った。己の楽しみが最高潮に達したときの邪魔者の介入を、隼人正はなにより嫌うのだ。

案の定、隼人正の端正な額に青白い癇癖《かんぺき》の兆候が滲んだ。

「差し出口をきくでないッ、甚助」

隼人正にピシャリと窘《たしな》められ、最早どこから見ても立派な老人である甚助は、その小柄な体を竦《すく》みあがらせる。

「甚助に当たるのはおやめくださいませ。悪いのは私でございます」

たまらず美涼は声を高めたが、同時に自身が語るに落ちたことも承知している。

「そうなのか？　そなた、何ぞ悪いことをしてまいったのか？」

白々しい隼人正の問いには最早応える気力もなかった。自らの敗北を思い知り、ただ唇を噛みしめるばかりだ。

「美涼」

「はい」

常と変わらぬ静かな声音で名を呼ばれて観念し、美涼は深く項垂《うなだ》れる。

「雨でもないのに、袴の裾に泥がはねておる。折り目も乱れておるのは、股立ちをとった証拠だ。刀のこじりには強く摩擦された跡があり、鞘には、ベタベタと汚れた手で触ったあともある。……そなたが外でなにをして来たか、わからぬ私だと思うか？」

容赦もなく降りかけられる隼人正の言葉は、だが同時に耳に心地よくもある。矢張り、このひとに下手《へた》な誤魔化しは通用しない。執拗な追及をうけながらも、美涼にはそれが、嬉しくもあるのだ。項《うなじ》のうぶ毛を剃られる瞬間の、その冷たい剃刀《かみそり》の刃を喜ぶような被虐趣味が、全くないといえば嘘になる。

「それに——」、隼人正の唇《くちびる》辺には、美涼の大好きな冷たい笑みが滲んでいた。底冷えしそうな笑顔で、これまで何度、悪人どもを追い詰めてきたことか。

しかし、その卓越した洞察力を、いまはただ、一介の小娘である美涼を問い詰めることにしか行使していない。美涼にはそれが情けない。

「その身に染みた煙草《たばこ》の匂いはなんだ？　何処の縁日に出かけたなどと言う前に、なによりも先ず、その匂いの言い訳が先であろう」

「吉原《なか》にあがったのでございます」

あまりにも勝ち誇った隼人正の顔が気に食わず、美涼はつい憎まれ口をきいた。その憎まれ口が、相手を更に喜ばせてしまうとは夢にも思わず——。

「…………」

一瞬間、毒気を抜かれた顔でじっと美涼を見つめてから、

「後ほど、ゆっくり聞かせてもらおう」

一言言いおくと、隼人正は再び背を向け、外へ出た。玄関口で恭しく腰を屈《かが》めてい

た甚助が、阿吽《あうん》の呼吸ですぐそのあとに続く。

暮れかける路上に向かって規則正しく歩き出す後ろ姿を、しばし美涼は切ない気持ちで見送った。

隼人正が何処に出かけるのか、もとより美涼は知っている。知っているから、癪《しやく》に障《さわ》る。

「お嬢様がお出かけになってすぐ、但馬屋《たじまや》のご隠居がいらしたのですよ。半刻ほどお話をされて……それからずっと、御前はご機嫌がお悪いのです。きっと、なにかいやな話をなさったのですよ」

台所の賄《まかな》いをしている美涼贔屓《びいき》のおまさが、慰めるように耳打ちしてくれたが、美涼にとっては、なんの慰めにもなっていなかった。

四

（あいつのせいだ）

男物の小袖と袴を脱ぎ捨て、藤色の臼《うす》の目小紋に着替えながら、美涼は無意識に舌打ちをする。

着物は女物に着替えたが、髪型は、女髷《おんなまげ》に結い直すのは面倒なので、平元結《ひらもとゆ》いのままである。紐《ひも》の色を変えれば、男装にも女装束にも対応できるので便利である。だが、隼人正が指摘したとおりだとすれば、煙草の匂いは髪にも染みているはずだから、あとで洗わねばならない。

（昨日洗髪したばかりなのに……）

隼人正に指摘されたのも癪《しゃく》に障るし、後刻帰宅した隼人正の前で洗いざらい話さねばならないのが、苦痛以外のなにものでもなかった。

（どじょうの匂いを嗅ぎ当てられなかったのが、せめてもの救いだ）

と思ってからすぐに、それならそれで——仮に、移り香がどじょう鍋の匂いだけであったならば、なんとでも言い逃れの仕様もあったのだ、と思い返した。

どじょう屋でどじょう鍋を食べる相手なら、別に誰でもいいはずだ。しかし、煙草を嗜《たしな》む人間は限られている。少なくとも、美涼の周囲には一人もいない。

武家奉公が長く、若い頃には渡り中間《ちゅうげん》をしていたこともある甚助ならば、或いは隠れて吸っているかもしれないが、少なくとも、美涼の前では吸わないだろう。

ところが、美涼が助けた藍弁慶の着流しの男——竜次郎《りゅうじろう》という名の島帰りの破落戸は、美涼の前で平然と紫煙を吐き出した。

どうしてもお礼がしたいからおごらせてほしい、とその男が言うので、仕方なく、彼と一緒に深川八幡近くの「いせ屋」というどじょう屋に入った。

行かねば、家までついて来ぬとも限らぬ勢いに負けてつきあったのだが、どうせ馳走になるなら、美涼は天ぷらとか鮨が食べたかった。元々、縁日のお参りをしたあとで、参道に並んだ屋台を冷やかすのを楽しみにしていたのだ。だが、

「立派なお武家さまに、屋台で立ち食いなんかさせられませんや」

竜次郎は取り合ってくれない。

面倒くさい奴だ、と美涼は思ったが、店に入るなり、料理よりも先に、彼が銚子を二本頼んだのを聞いて、さては酒が飲みたかったのかと漸く覚った。

屋台では、じっくり腰を据えて飲むわけにはいかないだろう。

(こんな男の酒の相手など、冗談じゃない)

美涼は内心身震いする思いだ。

「旦那、まだお若いのにたいした腕でござんすね」

美涼のことを男と信じ込み、露も疑わぬらしいのが、美涼には不幸中の幸いだった。

「それに、男のあっしでも惚れ惚れするような男前。女どもが放っちゃおかないでしょう。どこの御家中《ごかちゅう》です？　それとも、お旗本の若様ですかい？」

「私のことはどうでもよい。無用の詮索をいたすなら、このまま帰るが」

とりつく島もなくピシャリと言い放つと、

「待ってくだせえ。詮索だなんて、そんなつもりじゃねぇんですよ。……旦那のことはなにも聞きません。あ、あっしのことを話しますから、帰らねぇでくださいよ」

竜次郎は慌てて言い縋《すが》った。

乱闘の最中には三十がらみと思えたが、或いはもっと若く、二十代半ばから後半くらいかもしれない。何《いず》れにせよ、美涼より年上であることは間違いない。

「やい、この野郎ッ、なんだって俺を狙いやがった？　誰に頼まれたんだよ、え？」

竜次郎は、襲ってきた男を厳しく問い質《ただ》したが、彼の命を狙った者の名は、結局聞き出せなかった。雇い主に忠義立てしているか、特別口が堅いというわけでもなく、彼らは本当になにも知らないように見えた。

「ぶっ殺されてえのかッ」

答えぬ男を、竜次郎は執拗に苛《さいな》み続けた。強く締め上げ、ときに激しく両頰を殴打した。強か、蹴りつけもした。

「ゆ…赦してくれ。……本当に、知らねぇんだ」

息も絶え絶えに、男は応えた。

そのまま放っておくと、竜次郎が男たちを殺してしまいかねなかったので、美涼は仕方なく、戦闘不能となってその場に留まる男たちを全員、番屋に突き出すことにした。

未遂とはいえ、殺人目的で人を襲った者は、理由の如何《いかん》に拘《かか》わらず、罪に問われる。ムチ打ちの後入牢させられるか、よくて所払いであろう。

追及されれば、罪を逃れたい一心で、或いは雇い主の名を白状するかもしれない。雇い主がある程度の財力を有した者なら、或いは罪から救ってもらえるかもしれない。

「本当に、奴らが雇い主の名を知らぬのか、それとも知っていて吐かぬのか、はっきりするではないか。金で雇われた連中であれば、自ら罪を負ってまで、雇い主を庇《かば》いはすまい」

渋る竜次郎を、美涼は説得した。

縦《よ》しんば奴らが雇い主の名をあかさなかったとしても、彼らを雇って竜次郎を亡き者にしようとした黒幕がそれを知れば、いつ自分の名を出されるかわからぬことでヒヤヒヤし、今後は迂闊《うかつ》に竜次郎を襲わせることもできなくなるであろうと、相手に反論の隙を与えぬ怜悧《れいり》な口調で教え諭した。

もとより、それで問題が解決するわけではないが、破落戸同士の小競り合いなら、なにをしようが何れ《いず》再び同じことが起こる。この先なにが起ころうが、再び竜次郎が狙われようが、敵の目星をつけた竜次郎がそいつを殺しに行こうが、美涼の知ったことではない。勝手に死ぬまで殺し合え、と思った。

「こう見えても、おいら、元は、大店《おおだな》の跡取りだったんですよ」

悪びれもせず笑顔で言う竜次郎の言葉を、半信半疑で美涼は聞く。これ以上彼に関わりたくないと思う一方で、男に対する自然な興味が湧きはじめていた。

強面《こわもて》といっていい容貌の持ち主だが、笑顔になると途端に別人のようなかわいげを見せる。美涼には、男の笑顔が少々眩《まぶ》しく感じられた。

人声が満ちた店の中、七輪を挟んでまともに向かい合った瞬間、刃物を介して見たときには凶悪に思えた男の顔が、意外に善良そうにも見えることを美涼は知った。島帰り故か、浅黒く日に焼けてはいるが、存外整った目鼻立ちは蓋《けだ》し女好きしそうでもある。

七輪の上の鍋が盛んに湯気を放ちはじめるまでのあいだ、美涼は竜次郎の話を聞かされねばならなかった。

一合くらいなら、帰宅するまでには醒めるだろうと思い、勧められるまま、少々酒を飲んだのもいけなかった。決して嫌いなほうではない。鍋が炊《た》けるまでの手持ち無沙汰に負けて盃を重ねたため、美涼もつい口が軽くなった。

「大店の跡取り息子が、一体なんの罪を犯して遠島になったのだ？」

「いや、それが……」

注《つ》いでも注いでもすぐにあいてしまう美涼のお猪口《ちょこ》に酒を注ぎながら、竜次郎は頭を掻《か》く。

「勿体《もったい》ぶるな」

「いえ、別に勿体ぶるわけじゃないんですが……その、殺しなんですよ」

さすがに少し声を落とし、憚《はばか》る様子で竜次郎は言った。

「殺しだと？」

美涼は表情を険《けわ》しくする。

甘やかされて育った大店の放蕩息子が、道楽と悪事を極めた末に人を殺《あや》め、島流しとなる。判で捺《お》したようにありがちの身の上話ではあるが、そのときの竜次郎の態度は、決してありがちなものではなかった。

人を殺した人間の顔というものを、これまで美涼は数多く見てきた。何十人殺そうが全く良心の呵責《かしゃく》を感じぬ者、一人殺したその罪の重さに戦《おのの》き震えあがる者……十人の殺人者がいれば、その反応は実に十人十色《といろ》であった。だが、「殺しですよ」

と真顔で言った竜次郎のその表情の中には、人を殺した者特有の後ろめたさ、平静を装おうとすればするほど零《こぼ》れ出てしまう悔恨などが、全く見られなかった。意識して、故意にそんな表情が作れるほどの悪人だとは、美涼には思えなかった。

だからつい、

「誰を殺したんだ？」

最も愚かな問いを、美涼は発した。何処の誰を殺したか、聞いたところでなんの意味もないというのに。何処の誰だか名を聞かされても、その名になんの感慨も起こさぬというのに。自ら訊いておきながら、訊かねばよかったと、美涼は即座に後悔した。

「それが、殺してないんですよ」

「え？」

「俺は、本当は誰も殺してないんですよ」

妙に気まずい、照れたような顔つきで竜次郎は言い、またひと口、煙管《きせる》から離した口から大きく煙を吐き出した。

美涼のまわりには、平素煙草を嗜《たしな》む者はいない。だから、その匂いに慣れていない美涼は露骨にいやな顔をした。

「殺してもいない者が、遠島になるわけがないだろう」

あからさまな渋面《じゅうめん》を作っているのに、竜次郎には一向通じず、一服吸い終わると、すぐまた葉を詰めて火を点《つ》ける。

「ハメられたんですよ」

火を点けて深く吸い込み、また深く吐き出す。竜次郎の面上からは笑いが消え、次第に翳《かげ》のある、暗い表情に変わっていった。

「どういうことだ？」

と半ば身を乗り出して問い返したとき、美涼は、鍋汁が煮立って、濛々《もうもう》と湯気を放っていることに漸く気づいた。

「おっと、いけねえ。煮立てすぎると、味が悪くなりますぜ」

竜次郎は、ぐつぐつ煮え滾《たぎ》る鍋から、器用にどじょうを掬《すく》い取ると、その器を、美涼に差し出す。意外と気がきくタチらしい。

「熱いうちにどうぞ」

店の使用人みたいな口調で言い、自分も箸をとった竜次郎から、美涼はひとまず目をそらした。

手渡された器の中のどじょうに目を落とす。とっくに昼餉《ひるげ》の時刻を過ぎている。空腹を感じるのも当たり前だと思いながら、美涼はそれに箸をつけた。

じゅっ、

と音をたてそうなほどに熱い煮汁を含んだ次の瞬間、甘じょっぱく香ばしい出汁《だし》の味が口中《こうちゅう》に広がり、美涼は文字どおりの至福を味わった。

「それで、その、竜次郎とやらいう男の言葉を、そなたはすべて信じたのか、美涼？」

「いいえ」

仏頂面《ぶっちょうづら》で、美涼は首を振る。

「今日はじめて会った男の言葉など、信じるわけがないではありませぬか」

「なるほど」

隼人正は顔色を変えない。手を伸ばせば届くほど近い距離にいながら、こんなときの隼人正は、美涼にとって、全く見知らぬ、他人のような顔をする。

一刻前の険悪なやりとりなどまるでなかったかのような上機嫌で、隼人正は先ほど帰宅した。その上機嫌の理由がわかっているから、美涼の機嫌はあまりよろしくない。

「いま戻った」

ゆったりした足どりで式台に立ったとき、隼人正の、日頃は死人の如く青白い頬が、淡い朱に染まっていた。視線の先に美涼を認め、

「茶を淹《い》れてもらおうか」

と微笑みかけたその顔は、まるで少年のようだった。微酔《ほろよ》いなのだ。

ひと月ほど前、業平橋《なりひらばし》の近くにできた居酒屋で、心地良く飲んできたに相違なかった。実は隼人正に内緒で、美涼も一度行ったことがある。

お蓮《れん》という、三十がらみで渋皮の剝《む》けた女が一人で切り盛りするその店の主な客層は、場所柄故か、隠居した大店の主人や下級武士たちだった。料理人を雇っているのか、お蓮自身が作るのかはわからないが、金平《きんぴら》や白和《しらあ》え、煮込みおでんのようなごく普通の肴《さかな》ながらも、どれも味がよく、下手《へた》な料理茶屋などより余程気がきいていた。美涼の知る限り、目に見えて行儀の悪い客は出入りしていないようなので、蓋《けだ》し居心地もよいのであろう。

お蓮の店で、何種類かの肴を軽くつまみながら、銚子二本ほど飲んでくるのが、この半月ばかりの隼人正の日課であった。

「しかし妙だな」

美涼の複雑な心中などにはお構いなしに、隼人正はふと呟《つぶや》く。

「その男……竜次郎と言ったか？　ほんの数日前に八丈島《はちじょうじま》から戻ったばかりなのであろう？」

「はい、そう申しておりました」

「到底金など持っているとは思えぬ男が、どじょう屋でそなたにおごり、剰《あまつさ》え、贅《ぜい》沢《たく》品の煙草を嗜《たしな》んでいたのであろう？」

「金は、江戸に着いてすぐ、父親の使いの者が届けてくれたそうでございます」

「なるほど」

「父親は、一日千秋の思いで、息子の帰りを待ち侘《わ》びていたのでしょう」

美涼が彼の膝元に置いた茶碗を、隼人正は無言で取り上げ、作法どおりに三口半で喫する。「茶を淹れろ」と彼が美涼に命じた「茶」とは、手軽に飲める煎茶ではなく、茶室で喫するお手前のことだった。

「しかし、そういう甘やかされた輩を最も嫌うそなたが、よりによって、そやつの命を救うとは、皮肉なものよのう」

淡々と言葉を継ぐ隼人正の心中を、美涼が知り得ようわけもない。

終始無表情で、口調もいつもどおり静かなものではあるが、実は隼人正は、このとき大いに憤《いきどお》っている。美涼が話したすべての内容、本日彼女がとったその行動のすべてが、隼人正には気にくわなかった。

とりわけ腹が立つのは、彼女の助けた相手が若い男、というところだ。

平素、

「くれぐれも、余計な厄介事には首を突っ込まぬように」

と言いつけてはいるが、美涼のような気質の娘が、その言いつけに素直に従えぬことは、もとより承知の隼人正である。

親にはぐれた子供が泣いていたり、若い娘が破落戸にからまれていたり、老婆が強盗に襲われていたりと、世間には余計な厄介事が溢れている。子供や娘や老婆の如きか弱き者の危難を救いたいと思うのは人として当然であり、それなら隼人正も大いに納得しただろう。

ところが、どう考えてもか弱き者とは言い難い屈強な男——剰《あまつさ》え、島帰りの罪人風情《ふぜい》に、情けをかけたと言う。

(如何に多勢に無勢を見かねたからとはいえ、おかしいではないか)

不機嫌を表に出すことができず、大声で詰《なじ》ることもできないぶん、隼人正の怒りは深刻であった。

百歩譲って、大勢の刺客から狙われた竜次郎を弱者ということにしよう。大勢に襲われている弱者を助けた。そこまでは赦《ゆる》す。だが、助けた男と連れ立って、飲みに行ってしまうとは何事か。

（そんな娘に育てたおぼえはないぞ）

我知らず、隼人正の体は震えを帯びる。

お蓮の店で得た束の間の心地良い酔いは、瞬時についえた。

夕刻、美涼が帰宅した際、その体にまつわる煙草と、なにやら甘い出汁の匂い、袴の裾と足袋の先を汚した泥にやや皺《しわ》をおびた袴……なによりも、隠し事をしようとしているらしい美涼の様子から、だいたいの事情は察し得た。察すると忽ち美涼の中に男の影が感じられ、不快になった。その場ですぐに問い質しては感情的になるおそれもあったので、とりあえず、お蓮の店で心の平安を取り戻すことを、隼人正は選んだ。

だが、その涙ぐましい気遣いも、いまや殆ど無に帰した。

「ある晩前後不覚に陥るほどに酩酊し、気がついたら見知らぬ宿にいて、傍らには、胸から血を流して息絶えている男がいた。男を刺したとおぼしき血の付いた匕首は、自らの懐《ふところ》にあった。わけがわからぬまま、宿の者が呼びに行った役人に捕らえられ、凶器の匕首も手にしていたため、言い逃れることができず、罪におとされた」

「…………」

「なるほど、ありそうな話ではある」

どこまでも怒りを抑えて隼人正は言い、ゆっくりと茶碗を置いた。その手が、うっかり震えてしまわぬように、細心の注意をはらいながら。

「ところでその竜次郎には、死んだ兄がおるのではないか？」

「さあ……存じませぬが、何故でございます？」

「竜次郎とは次男につける名ではないか。跡継ぎの長男であれば、竜太郎とか、竜一郎とか名づけられるべきではないか？」

美涼が答えず、どうしてそんなことを気にするんだ、というあきれ顔をしていると、

「それで、結局そなたは、竜次郎の話を信じるのか？」

隼人正は再び同じ言葉を口にする。

「いいえ」

隼人正の心中を夢にも知らぬ美涼は、半ばうんざりした顔で首を振った。

「行きずりの破落戸の言葉など、信じるわけがないではありませぬか」

もう一度強い語調で同じ言葉を口にしながら、美涼は、同時に少しくホッとしていた。

家に近い浅草寺ではなく、何故わざわざ深川くんだりまで出向いたか、その理由を詮索されずにすみそうだ、と安堵したからだ。

（よかった）

だが、ホッとしたのも束の間、

「それはそうと、美涼、本家に行ったついでに縁日のお参りをするのであれば、浅草寺へ行くのが妥当であるのに、何故わざわざ深川八幡まで足を延ばしたのだ？」

すべて見抜いているんだ、と言わんばかりに問い詰められ、美涼は絶句した。

神籤をひくためだ、とは言いたくなかったし、家に近い浅草寺では近所の知人に神籤をひく姿を見られる可能性が高いから、わざわざ遠回りして深川まで行ったとは、もっと言いたくなかった。もし言えば、神籤をひいたその理由まで詮索されるのは必定で、それだけは、なんとしても避けなければならない。

だから美涼は、必死で言い訳を考えた。

（深川八幡の参道に、近頃評判の天ぷら屋が出ているのです……いや、蕎麦屋がよいか？　いや、いっそ、可愛らしく、団子とか白玉にしたほうが……）

懸命に思案する美涼の様子が可笑《おか》しくて、隼人正の口辺に淡い笑いが滲んでいることに、もとより美涼は気づいていない。

五

異国船打払令が出された文政《ぶんせい》の末年、本所深川界隈で、

「御前」

と言えば、旗本本多《ほんだ》家の若隠居、隼人正憲宗《のりむね》のことに他ならない。

その隠居所が、枕橋《まくらばし》を渡ったところにあることから、「枕橋の御前」或いは、「瓦《かわら》町の御前」などと呼ばれている。

もとより本多家は、三河以来の直参で、名門中の名門ではあるが、そのため係累も多く、隼人正の本多家は、禄高二千石そこその中流旗本である。世間には五千石以上の知行《ちぎょう》を得る大旗本がゴロゴロいる。

でありながら、中旗本の隠居風情を「御前」呼ばわりとは、少々大袈裟過ぎるかもしれない。

だが、そんな疑問を抱く者も、隼人正本人をひと目見れば大抵は納得する。

溢れる気品と、天性の美貌——。

五十になったいまでも、かつて吉原《なか》の太夫《たゆう》たちから「涼しい」とさわがれた瞳に翳《かげ》

りはなく、妖しいまでの艶《えん》を湛《たた》えている。

そんな外貌も手伝ってか、将軍家のご落胤《らくいん》だというまことしやかな噂もあるくらいだった。隼人正の母は、その美貌を見込まれてほぼ身売り同然に本多家に嫁いだ京の貧乏公家の娘である。将軍が臣下の屋敷に遊びに行き、その家の美しい妻女に手をつけてしまうということは珍しくない。

将軍家が本多屋敷を訪れた事実に鑑《かんが》みると、或いは、聡明の誉れ高く悲劇の死をむかえたとされる十代将軍家治《いえはる》の晩年のご落胤とも、十一代家斉《いえなり》――絶倫を謳《うた》われる現大御所《おおごしょ》の若い頃の子ではないかとも言われるが、実は、どちらの子だとしても微妙に歳が合わないのだ。

本当のところは、隼人正自身にもわからない。

ただ、江戸にはいてくれるな、とでもいうように、若い頃から、諸国を遍歴する任務を負わされてきた。

正式な役職は、若年寄《わかどしより》配下の先手組頭《さきてくみがしら》。

実務は、江戸にあっては殆どなし。如何にもいわくありげな旗本家の主人を、人があれこれ噂するのは無理もないことだろう。

その上彼は、この歳まで妻帯せず、当然後継ぎももうけなかった。義理の弟の子を養子にして跡を継がせ、自分は若隠居を決め込んだ。隠居してからも、なお数年、隼人正の諸国遍歴は続いたが、先の老中・松平定信《まつだいらさだのぶ》が死去したのを機に江戸に戻り、以来本所の隠居所に定住している。静かすぎるこの暮らしを、美涼はあまり歓んでいないようだが、仕方ない。ひとは誰でも、老いを迎えはじめたとき、自らの生まれ育ったところで平穏に暮らしたい、と望むものだ。

できればこのまま、晩年まで、静かに、ひたすら静かに暮らしたい。

それが隼人正の望みだった。いや、そのはずだった。だが、本当に心からそれを望むなら、美涼を己の身辺から遠ざける以外にない、ということも、彼は自覚している。自覚していながら、それができない。

美涼を遠ざける。

それは即ち、他家へ嫁《とつ》がせる、ということに他ならない。

亡父の代から出入りしている呉服商但馬屋の隠居・清兵衛《せいべえ》は人好きのする性格で、隼人正とも懇意の仲だが、ときに余計な差し出口をきく。

「美涼さまも、このまま花の盛りをむざむざと散らされるのはあまりにお気の毒。御前がご内室に迎えられるおつもりがないのでしたら……」

嫁入り先を見つけてまいりますよ、と言わんばかりの清兵衛の言葉に、隼人正は内心ぶち切れた。

だが、さあらぬ態《てい》で、

「そうだな。よい縁があれば頼む」

と心にもない言葉を吐いた。

隼人正の本心を、或いは見抜いているのか、近頃美涼は、どこか彼に反抗的である。

（清兵衛の言うことは正しい。美涼は、縁あって我が養女となった以上、よりよい縁を求めて幸せになるべきなのだ）

ということがわかっていながら、だが隼人正には、どうしても、それを切り出す勇気がない。

美涼を、永遠に手元においておきたいという本音と、彼女に世間並みの幸福を与えたいという矛盾する二つの思いが、まさに激しく鬩《せめ》ぎ合っているとき。

その男――竜次郎が現れた。

隼人正の懊悩はその極《きわみ》に達している。

六

夜半、美涼は故もなく目を覚ました。

はじめは強い風の音か、とも思った。

だが、

(違う——)

険《けわ》しい殺気が、薄皮を隔てたほどの近さに迫っていることを知った。

起きあがり、虚空に意識を凝らす。確かに、感じる。この真闇《しんあん》の中、誰かが蠢《うごめ》く気配がする。気配は家の周囲から中を窺うように忍び入り、美涼の寝所のすぐそばまで迫っていた。

(賊?)

思うより早く枕元の刀を執り、素早く襖《ふすま》の近くまで忍び寄る。

「…………」

美涼の体が瞬時に強《こわ》ばる。襖の外に、誰かいる。思わず鯉口をくつろげかけたとき、

「私だ」

隼人正の言葉がそれを制した。

襖の外に、隼人正がいる。常とは異なる表の気配を察したのは、さすがに師父のほうが先だった。

美涼は僅かに襖を開き、そこに隼人正の姿を見出した。

美涼の目は、闇に慣れている。

「盗賊でしょうか？」

「いや、気配は一人だ」

「二人では？」

美涼は訝《いぶか》る。

「二人のうち、一人は無害。危険なのは一人だけだ」

隼人正の言う意味が、美涼にもすぐにわかった。闇に蠢き、この家に迫る者の気配は、最前までは確かに二つあった。だが、ほどなく一つの気配が消え、残った気配に、危険な殺気は感じられなかったのだ。

美涼の寝所の隣は物置で、その先は、もうすぐ外——庭だ。

足音を消して庭に面した短い廊下に出ると、隼人正は、雨戸を乱暴に蹴破った。

「何者だ」

怒声を投げかけた先に、呆然と立ち尽くす人影があった。月明かりに映えるその顔をひと目見るなり、美涼は言葉を失った。

第二章　忍び寄るもの

一

「遅いッ」

老師の鋭い正拳突きが、容赦もなく美涼の喉元を襲う。

間一髪で美涼はかわすが、老師は完全にその動きを読んでいる。半歩飛び退って逃げた先に、正確無比な蹴りがとんできた。

「ぐッ」

無防備な脇腹に、瞬間肉が弾けるような痛みを感じて気が遠くなる。

「避《よ》けるな」

攻撃の手を止めぬままに老師は叱責する。

「避けずに、防ぐのだ」

「はい」

答えるものの、美涼の体は無意識に老師から離れようとしてしまう。

急所を庇《かば》いつつ、相手の拳を己の腕で完璧に防ぐ。たとえどんなに強烈な攻撃であろうとも、完璧な防御をとっていればその力を半減させることができる、と老師は言う。

だが、美涼は防御が苦手だった。

それに、老師の突きは強烈で、仮に防いだとしても、ジン、と焼けつくような衝撃が身のうちに残る。

だからつい、逃げ腰になる。

「逃げてばかりいては、己の攻撃も敵には届かぬぞッ」

怒声とともに繰り出された老師の拳を、美涼は体の真正面で受け止めた。

ぐぎゃッ、

胸の前で構えた左肘《ひじ》に、骨も砕けたかと思えるほどの痛みを覚えて泣きそうになる。

これで、どうやって防御のあとで攻撃に転じろというのだ。

「たわけッ、ただ受け止めればよいというわけではない。受け止めた瞬間に相手の力を殺すのだ。しっかりと、《気》をこめて受け止めぃッ」

「は、はいッ」

返事だけは元気いっぱいだが、その実美涼の心は折れかけていた。

できるものなら、とっくにやっている。

受け止めた瞬間に相手の力を殺すのだ、というなら、その「殺し方」を教えてほしい。《気》をこめろと百万遍言われたが、その《気》とは一体なんなのだ。修練を重ねれば必ず会得できるというなら、そのための努力は惜しまない。その証拠に、これまで老師が教えてくれた、五十有余の攻撃の型・防御の型は完璧に覚えた。

覚えただけでなく、自在に使いこなすこともできる。

修行は、そろそろ最終段階に入っていた。

「敵の攻撃を、かわさずに受け止められる防御の技を身につけねばならん」

と老師は言う。

「敵の攻撃を避けるためには、こちらも一旦間合いから外れねばならん。だが、危険な間合いの中に身を置かねば、こちらの攻撃も敵にはきかぬのだぞ」

確かに、理にかなってはいる。

だから美涼も、懸命にそれを習得しようと努めている。老師の拳を体で受け止める過酷な稽古にも、辛うじて堪《た》えている。
「構えが悪いのだ。もっと肘を上にあげよ」
「はいッ」
堪えてはいるがしかし、一度打たれた同じところをすぐまた打たれるのはさすがに辛い。
ばしッ、
ばしゅッ、
びしゅッ、
ビシュイッ、
稽古着の袖が強く空を切るほどに、美涼の体は敏捷に反応した。老師の捷《はや》さに、美涼の体も次第に慣れはじめている。
そうして彼の拳を受け止めても、それほど痛みを感じなくなってきたとき、
「やればできるではないか」
と不意に言われ、美涼は驚いて彼を凝視した。
少林寺拳の陳源沢《ちんげんたく》老師と対峙していたはずなのに、いつのまにかそれが、隼人正に変わっている。

「師父さま」

　無紋の黒の着流し姿で美涼の前に立つ隼人正は、まだ若々しく、美しい。

「余所見《よそみ》をするでない、美涼」

　言うなり、手に提げた刀をやおら振り上げ、美涼に向かって振り下ろす。美涼は咄《とっ》嗟《さ》に身を捻《ひね》ってかわしたが、自らの腰にも刀を帯びていると気づき、無意識にそれを抜きはなった。

　隼人正からの二撃めを、それでガッチリと受け止める。すると隼人正は、

「美涼」

　自ら刀をひき、半歩後ろに退きながら、

「何故無闇と前へ出る。安易に間合いに入るでない」

　不機嫌な口調で言った。

「ですが、師父さま……」

　言われて、美涼も不満げに口ごもる。

　間合いに入って刃を交えねば、敵を倒すこともかなわぬではないか。だが、

「自ら敵の間合いに踏み込むことなく、こちらの間合いに相手を誘い込むのだ」

　と言う。更には、

「自ら踏み込んで敵と斬り結ぶなど、外道《げどう》の業《わざ》じゃ。剣には神気が宿る。自ら好んで敵を求めずとも、斬られるべき相手は、勝手に向こうからお前の間合いに飛び込んでくるのだ。それを、待てばよい」

美涼には凡《およ》そ理解できない言葉を吐く。

(一瞬も気を抜くことの許されない間合いの中で鎬《しのぎ》を削るからこそ、勝機がみえてくるものではないの?)

少林寺拳の老師から、間合いに踏み入ることを恐れるな、と言われてきた。それが急に、自ら間合いに踏み入ってはならぬ、と言われ、美涼は混乱するばかりであった。

「不満そうだな」

怒っているのか笑っているのか、ちょっと見、判別の難しい顔つきで隼人正が言う。

「それほど不満なら、最早そなたには教えぬ。破門だ。何処へなりと、好きなところへ行くがいい」

と唐突に言われ、仰天した。

「お、お待ちください、師父さま」

背を向けんとする隼人正に、慌てて言い募る。だが隼人正の反応は冷ややか。美涼の言葉には耳を貸さず、さっさと背を向け、行ってしまう。

「お待ちくださいッ。いやでございます、師父さま」

泣きながらあとを追おうとしたとき、漸《ようや》く目が覚めた。

「あ……」

覚めたときには、床の上に呆然と身を起こしている。しかも、たとえ夢の中であっても、隼人正に背を向けられたことが悲しくて、涙を流しているではないか。

「お嬢様、お目覚めですか？」

障子の外から、おまさが心配そうに問うてきた。或いは、おそろしい夢をみて、しばし魘《うな》されていたのかもしれない。その様子を部屋外から察して、おまさも気を揉んでいたのだろう。

「どうなさいました？」

「どうもしない」

美涼は起きあがり、自ら立って障子を開けた。眩《まぶ》しさに、一瞬間顔を顰《ひそ》める。既に陽が高い。

昨夜はなかなか寝つかれず、遅くまで黄表紙本を読んでいた。少々下品な内容だったが、暇つぶしにはなった。

だが、黄表紙を読み耽《ふけ》っていて朝寝坊したことは、できれば隼人正には知られたくない。

「御前はもうお出かけでございますから、ゆっくりなさいまし。すぐに朝餉《あさげ》をお持ちいたしますよ」

美涼の心中を察してか、おまさは口の端を弛《ゆる》めて言う。

ホッとすると同時に、美涼はそれを訝《いぶか》しむ。

「何処にお出かけじゃ？」

「釣りでございますよ。六ツにはお目を覚まされて、しばらく書き物などしておいででしたが、朝餉を召し上がると、折角のよい天気だからと、五ツ過ぎにはお出かけになられました」

「そうか」

天高く映える陽光に、美涼は目を細めた。

(昼餉はどうなさるのであろう)

ふと思い、だが思った次の瞬間、自らを恥じた。いい歳の大人だ。腹が減れば、どこでも好きな店に入るだろう。一体自分は、なにを案じているのか。たったいましがたの妙な夢といい、近頃自分はどうかしている。

「釣りか……」

美涼はぼんやり呟いた。

そういえば、隼人正は、近頃よく横川あたりの掘割に出かけてゆくようだが、一体なにが面白いのだろう、と思う。釣り糸を垂れたきり、何刻もじっと待つだけなんて、美涼には気が知れなかった。

「ああ、竜次さんをお供に連れて行かれましたよ。甚さんも一緒です」

「二人とも連れて行ったのか」

美涼はさすがに渋い顔をした。

竜次郎がこの家に来てから、隼人正は外出の際、必ず彼を供《とも》として連れて出る。美涼にはそれが、なんとなく面白くない。

だいたい、竜次郎がこの家に起居するようになったことも、あまりに唐突すぎて、承伏《しょうふく》できてはいないのだ。

(師父は一体なにを考えておいでなのだろう)

別に美涼は、隼人正の考えていることを、一から十まですべて理解したいわけではない。親子や兄弟や夫婦だって、相手の考えていることをすべて知るのは不可能だろう。だが、たとえ理解はできなくても、せめて不可解な行動の理由くらいは聞かせてほしい。

（最近の師父は、いつもこうだ）

美涼には、なによりそれが不満であった。

早い話、竜次郎のおかげで、美涼が隼人正の供をする機会が益々減ってしまうのだ。

二

八つを過ぎて漸く陽が翳《かげ》りはじめ、隼人正の頭上に、傍らの杉の枝葉が影をおとした。

視界が狭《せば》まることを嫌い、隼人正は平素からあまり笠を好まない。強い陽射しの下、無防備に曝されていた主人の頭に影がさしたことを、傍らで見守る甚助は歓んだ。

元々渡り中間《ちゅうげん》をしていて、若い頃からさまざまな大名・旗本家を転々としてきた甚助が本多家に仕えるようになったのは、四十を過ぎてからのことである。

当時、若い主人の隼人正は二六時中家を空けていた。ときにはふらりと旅に出て、ひと月もふた月も戻らない。主人の他には口うるさい家族もいないため、その留守中は、留守番の他、特になにもすることがない。勤めの容易《たやす》さについ目がくらみ、すっかり長く居着いてしまった。

隼人正が隠居して、小日向《こひなた》の本家からいまの本所の住まいに移る際、

「一緒に来るか？」

と声をかけてもらったのは、身よりのない老人にとって本当にありがたいことだった。だから隼人正は、甚助にとって神の如き存在と言えた。その肉体がいつまでも壮健であってくれることを、心から願ってやまない。

（どうか、そろそろ……）

だが、甚助の必死な願いをあっさり裏切り、隼人正が水面下に垂れた釣り糸は、いまなお、こそとも動きはしない。

時折、川下から微風が吹くたび、ユラユラと糸が揺れる。それを見て、てっきり釣れたと勘違いした甚助が腰を浮かしかけたりするさまを、当の隼人正は、内心面白がっている。

但馬屋の隠居に誘われた隼人正が釣りをはじめてから、もうかれこれ、三月ばかりになるが、未だ華々しい戦果をあげたことがない。半日堀端に座っていて、せいぜい、メダカの如き雑魚《ざこ》が一～二匹釣れる程度だ。

「釣り、でございますか？」

そのとき美涼はあからさまに眉を顰《ひそ》めた。

（年寄りくさい）

とでも言いたげな顔つきだった。

（釣りをするのは、なにも年寄りだけではあるまい。若い奴でも、やるではないか）

実際に言われたわけでもないのに、隼人正はムキになり、以来天気のよい日の三日に一度は、釣りに出かけるようになった。

（吉原《なか》は言うに及ばず、矢場や居酒屋に行くのも厭がるくせに、釣りに行くのを年寄りくさい、とはよくぞぬかした）

実際に美涼が言ったわけでもない、自らの想像の中の言葉に、隼人正は容易く激高した。もし美涼がその心中を知れば、本当に、

「怒りっぽいのはおとしをめされた証拠ですね」

と言われかねまい。

ともあれ隼人正は、美涼が実際に口にしてもいない言葉への意地で、たいして好きでもない釣りをしている。

（いってえ、何を考えているのかね、このお人は）

そんな隼人正の徒然《つれづれ》なる姿を、もう一人の供である竜次郎は、内心呆れる思いで眺めていた。

（あれじゃあ、一生かかっても釣れるわけねえぜ）

大店の主人の子で、かつては放蕩三昧《ほうとうざんまい》を繰り返した竜次郎は、町屋の者たちが好む道楽・遊興の類《たぐい》なら、大抵はやり尽くしている。

釣りは、道具を揃えるのが面白く、一時夢中になった。

いま座っているところから僅かに場所を変え、糸の垂れ方を変えるだけで、忽ち入れ食い状態になるであろうことを知りながらも、竜次郎は黙って隼人正を見守っている。権高《けんだか》な旗本の殿様は、町人風情に口出しされることを嫌がるであろう、という竜次郎なりの配慮であった。

但し、釣りの仕方は知っていても、本日隼人正が竜次郎を伴った本当の理由が、ただただ、美涼のいる家から、彼を引き離したい一心であることを、彼は知らない。

知らぬまま、自分のような男を平然と家に起居させ、こうして連れ歩いている隼人正の、その底無しに思える心の深さと器の大きさに舌を巻いている。

あの夜。

夜半、隼人正の隠居所に忍び入ろうとしている人影を偶然見かけ、竜次郎はそのあとを尾行《つ》けた。

いや、本当は偶然などではない。深川八幡で美涼に助けられ、彼女を女と知らずに興味をもった。いくら島帰りでも、そっちの気は全くないはずなのに……。

一度興味をもつと、納得するまで相手を知らねば気が済まない、困った性分だった。

どじょう屋を出てから、こっそりあとを尾行けて、隼人正の隠居所を突きとめた。

それから数日、近所で噂を聞くほどに、美涼と（いや、どじょう屋の時点で彼女は竜次郎に対して名乗ってはいないのだが）、

「枕橋の御前」

に対する興味がいや増した。

旗本本多家の若隠居である御前と、その娘なのか妻なのか、将又衆道《はたまたしゆうどう》のお相手かは定かでないが、とにかく桁外れに美しい同居人のことを、人々は好き勝手に噂している。

「御前は公方《くぼう》さまのお血筋で、姫（美涼のことか？）は清朝《しんちよう》皇帝の血をひくお方なのですよ」

「姫は、御前の愛したお方が他家へ嫁《とつ》いで産んだお子で、わけあって御前が引き取られたが、長じてのち、日に日に亡きお方に似てこられる姫に、御前も戸惑っておられる」

「美涼さまは、さる西国のお大名のお世継ぎで、謀反を企む一派から身を隠すため、

女装しておいでなのです」

どの噂も、如何にもありそうでなさそうで、だが悪意はなく、「御前」と「姫」に対する愛情すら感じられた。この二人は、余程人々から好かれているのだろう。

竜次郎はいよいよ「御前」という人に会ってみたくなった。

（それに、姫ってのは、いってえ、男なのか女なのか……）

気になって仕方がなかった。

隠密のような執念深さで隼人正の隠居所を見張り続けること、数日。

ほどなく絶好の機会が訪れた。

怪しい人影のあとを尾行けたところ、どうやらつまらぬこそ泥らしいということがわかった。手ぬぐいで頰被りをし、裾を端折《はしょ》った男は、裏口にまわると、閂《かんぬき》のかかっていない木戸から易々と侵入した。

しかし、足音を消す術も知らず、平然と砂利を踏んで歩いているところをみると、盗っ人稼ぎに慣れた者ではなさそうだった。

有名な旗本家の隠居所で、警護する者もろくにいないと知って行き当たりばったりに押し入ったものだろう。

竜次郎も素早く木戸をくぐり、その男のあとに続いた。

さほど大きな邸宅ではない。裏口から入って厨《くりや》を抜け、小さな池と植え込みを設けた庭の先は、もう主人の寝所だろう。武家の邸宅というよりは、裕福な商家の主人が妾でも囲っていそうな家である。

竜次郎は、その男が建物のそばまで近寄る前に、音もなくその背後へ忍び寄った。

「おい」

低く耳許に囁《ささや》くやいなや、襟髪を摑んで引き戻す。恐怖と驚きで戦慄《おのの》くばかりな男の顔面を、有無を言わさず拳で一撃した。

「ぐげぇッ」

低くひと声呻くと、男は一撃で悶絶した。

(なんでえ、呆気《あっけ》ねぇ)

竜次郎が少々拍子抜けした瞬間、
ドガッ、
彼の目の前の雨戸が、中から乱暴に蹴破られた。

「おのれ、なにやつじゃッ」

火のような叱声を頭上に降りかけられ、竜次郎の体は瞬時に強張《こわば》った。

雨戸を蹴倒し、縁先に立った白帷子《しろかたびら》の男の顔は能面のように無表情だ。だが、さほど大柄でもない細身の肢体から発せられる《気》の強さは、容易《たやす》く竜次郎を圧倒した。

この男が、世間で言われる「枕橋の御前」か。

「灯りをもて、甚助」

主人に命じられるよりも早く、老中間は慣れた手つきで燭台を差し出した。蠟燭《ろうそく》の仄明《ほのあ》かりが、立ち尽くす竜次郎の顔を照らす。

「あ」

その途端、白帷子の男の背後から見覚えのある麗人が顔を覗かせ、竜次郎を一瞥するなり驚きの声をあげた。先日は平元結で束ねていた髪を、いまは肩口でまとめて長く垂らしている。そのせいか、あのときとは雰囲気がガラリと変わり、顔つきもやわらかく女らしい。

「お前は……」

竜次郎を見てあやうく口走るその口を、美涼は自らの手で辛《から》くも押さえた。

「知っているのか？」

すかさず隼人正が聞き咎《とが》め、美涼はしばし気まずげに逡巡《しゅんじゅん》する。咄嗟に口を押さえたりしたことが悔やまれた。隼人正の目には、明らかに、なにか隠し事をしているように映ったであろう。

「先日深川八幡にて知り合いました竜次郎という者でございます」

隼人正に余計な疑念を抱かせぬため、努《つと》めて淀《よど》みなく美涼は答えた。だが、

「そうか」

と短く応じた隼人正の面上には目立った変化はなく、その心中にはなにか存念がありそうだった。

「では、先ず、礼を申そう、竜次郎」

「え、いえ、そんな……おいらはなにも……」

竜次郎は恐縮し、その場で腰を低くする。隼人正の大人の落ち着きぶりに、容易く斬り伏せられたようなものだった。

「いまにも我が家に押し入らんとする賊を、未然にふせいでくれたではないか」

「………」

燭《しょく》の火を嫌って顔を伏せた竜次郎は、ひたすらに恐縮するしかない。竜次郎ごときが余計な真似をせずとも、この家の人間は、外部からの闖入者《ちんにゅうしゃ》があれば即座に目覚め、対応できる。今更ながらに、竜次郎はそれを思い知らされた。

「したが、竜次郎、我が家を守ってくれたことについては礼を言うとして、そのほう、

如何なる存念にて、この数日、我が家の周辺をうろついておったのか、それは聞かせてもらうぞ」

「そ、それは……」

「正直に言わねば、賊の一味として、番屋に突き出す」

「そんな殺生な。おいらが賊でねぇことは、御前が一番よくご存じじゃねぇですかい」

竜次郎は思わず泣き声になる。

「わかるはずがない。そのほうと私は初対面ではないか。或いは、そのほうもこの家を狙ってきた賊で、とりあえず、先にいた奴を片付けた、とも考えられる。稼ぎを独り占めしようとしてな」

「ち、違いますって！」

「なにをうろたえておる。何故この家を見張っておったのか、正直に言えばよいだけのことではないか」

「ですから、それは……」

「疚《やま》しいことがないのであれば、言えるはずだが？」

二人のやりとりを、美涼は黙って見守った。こんなとき、余計な差し出口をきくのが最も悪い結果を引き出すということを、美涼は経験から知っている。

「言えぬのか？　ならば、島へ逆戻りするか？」

「め、滅相もねぇ」

ぶるるッと一つ、大きく身震いをしてから、

「惚れたんですよッ」

遂に思い切って——半ば自棄《やけ》っぱちのように、竜次郎は叫んだ。

「美涼さまに惚れたんです。深川八幡で助けていただいたときは、てっきり男と思っていやしたが」

「なるほど、お前は男色家か」

「違います！」

容赦ない隼人正の追及に、竜次郎はバカ正直な反応をみせる。

「入牢しているあいだにそちらの道に入る者は少なくないと聞く」

「俺ァ、男色家でも、若衆好きでもありませんや」

「男が好きなら、陰間《かげま》茶屋にでも行けばよい」

「だから、好きじゃねえんですって。おいらは普通に女好きですって！」

「ならば何故、美涼に惚れたのだ？　男だと思っていたのであろう？」

「ですから、男とか女とか、そんなのどうでもよくて……なんていうか、その……その、お人柄に、惚れたんですよ」

「人柄に惚れたとは、都合のよい言い種《ぐさ》よのう。要するに、男でも女でもよいのであろう。あきれた奴よ。ただの色好みだな」

　隼人正は意地が悪い。

　顔色も口調も全く変えずに言うので、相手は、まさか、からかわれているとは思わない。美涼はたまらず、顔を背《そむ》けて笑いを堪《こら》えた。

「美涼に惚れてあとを追い、どうしようと思うたのだ？　夜這《よば》いでもかけようと思うたか？」

（え？）

　美涼はふと我に返り、隼人正の言葉に愕然とした。

　竜次郎の突然の出現に驚き、完全に思考が停止していたが、確かにそうだ。一体竜次郎は、なんのためにこの家に侵入したのか。考えられることは、隼人正の言うように「夜這い」しかないではないか。どじょう屋では恭《うやうや》しく振舞っていたが、要するに一皮剝けば島帰りの無頼漢、欲望の塊《かたまり》か。

「夜這いだなんて、とんでもねえ！」

だが竜次郎は、いよいよ激しく狼狽し、首を振った。

「おいらはただ……」

「ただ、なんだ？」

隼人正の追及はなお一層厳しくなる。

「ただ、その…おいらは……」

竜次郎は口ごもり、見つめる隼人正と美涼の視線を避けるように顔を伏せた。

そのしおらしい様子が、すべて隼人正を欺《あざむ》かんがための芝居であるなら、これ以上の悪党も類《るい》を見ないであろう。だが、美涼の知る限り、それほどの悪人とは思えなかった。

「興味があったのか？」

ふと、口調を緩《ゆる》めて隼人正が問うた。さすがに見かねたのか、或いは竜次郎をからかうことにも、そろそろ飽きてきたのか。

「数日前より、この界隈にて、我が家のことをあれこれ聞き回っておる者がいる、と聞いていたが、それも、そのほうのことであろう？」

「はい」

観念したように、竜次郎は再度項垂《うなだ》れる。

「誰彼かまわず、聞き回ったのであろう」

「はい」

「蜆《しじみ》売りの吉三《よしぞう》にも聞いたのか？」

「はい、真っ先に」

「但馬屋の隠居には？」

「ご隠居さんはなかなかお出かけにならねぇんで、店先の掃除をしていた但馬屋さんの丁稚《でっち》小僧に聞きました」

「可哀想に、お前が余計なことを尋ねたために、あの小僧は己の職務を怠ることとなり、後刻番頭から大目玉をくらったのだぞ」

「そ、それは申し訳ないことをいたしやした」

深く顔を伏せたままでも、竜次郎が満面を真っ赤に染めているであろうことは容易に窺《うかが》えた。存外真っ正直な男なのだ。

「密告癖のある番頭が主人の耳に入れたので、主人はカンカンだ。あの剣幕では、小僧は早晩里に帰されるやもしれぬ」

「え？」

竜次郎は思わず顔を上げ、隼人正の言葉に聞き入る。

「もしそうなれば、そのほうの実家にて雇うてもらえるよう、口をきいてやるのだぞ」

「そ、それはもう……」

「そのかわり、そのほうのことは、私が雇うてやろう」

「え？」

と小さく愕《おどろ》きの声をあげたのは美涼である。

隼人正が一体なにを言い出すのか、いまや全く予想がつかない。

「それほど美涼に興味があるなら、ここにおればよい」

「え？」

今度は、美涼と竜次郎とがほぼ同時に驚きの声を発する。

「ここにおって、好きなだけ眺め暮らせばよかろう。どうだ？」

「ど、どうだと言われましても……」

「師父さま、一体なにを！」

戸惑う竜次郎の煮え切らぬ言葉を、美涼の鋭い叫びが忽ちかき消す。

だが隼人正は、美涼のことなど一顧だにせず、ただ竜次郎に向かってのみ、淡々と言葉を継ぐ。

「いたいなら、好きなだけ、この家におればよい、と言っているのだ」

「そ、それは、もう――」

「ここにおるか？」

「は、はいッ」

「但し、おるからには、無駄飯は食わさぬ。きっちり働いてもらうことになるが、それでよいか？」

「…………」

「いやなのか？」

あまりに意想外な急展開に竜次郎は絶句している。

「いやなのであれば、無理強いはせぬ。島へ戻るがよい」

「め、滅相もございやせん！」

竜次郎は慌てて言い縋《すが》った。

隼人正からの提案は、よく考えずとも、渡りに舟というものだった。

「よ、よろこんで！　よろこんで、こちらにおいていただきやす」

「ちょ…ちょっと、待って」

少し遅れて、美涼も慌てて言い縋る。

「お待ちください、師父さま。このような得体の知れぬ者を、家におくなど」

(冗談ではない)

思わず激しく身震いする。

夜這い疑惑はまだ完全に潰《つい》えたわけではないではないか。

「何故その男を雇うのでございます」

「お前に惚れているからだ」

とは言わず、しばし美涼の顔に見入ってから、

「甚助も歳だ。そろそろ、力仕事のできる新しい中間がほしいと思っていたところだ」

隼人正は言った。その淡々とした口調には、だが、話を混ぜ返させないだけの強さがあった。

「ですから、何故その男でなくてはならぬのです?」

喉元に湧き上がる言葉を、美涼は間際で呑み込んだ。これ以上なにか言えば、むきになるほど竜次郎のことを意識していると、自ら認めることになる。それだけは避けねばならなかった。

三

「そういえば、そのほう、島から戻ってより、我が家にまいるまで、何処におったのだ」

思い出したように隼人正が問うたのは、竜次郎が隠居所に迎えられたその翌日、最初の供を言い付けられたときのことである。

甚助は伴わず、供は竜次郎一人だった。

「昔馴染みのところを、転々としておりやした」

「何故家に帰らぬ？　父母は、一日千秋の思いでそなたの帰りを待ち侘びているのではないのか？」

「そんなことはありやせん。島帰りのやくざ者なんざ、金輪際堅気の家には帰れませんや」

「だが、金子《きんす》は届けてもらったのであろう」

目的地への道すがら、さほど興味があって訊ねたわけでもなさそうなのに、隼人正の追及は存外執拗だった。

「それは……」

竜次郎は少しく口ごもってから、

「無一文のままこの江戸をうろついて、又ぞろ悪事でもはたらかれちゃあかなわねえ、と思ったからでしょうよ」

明るく笑い飛ばしたが、橋の下の昏《くら》い流れに視線を落としたその顔がちっとも笑ってはいないことに、隼人正は気づいていた。

隼人正がこの日竜次郎を伴ったのは業平《なりひら》橋を渡って浅草寺へ向かう途中の路地にある小さな居酒屋だった。

(この店か)

隼人正に続いて、褪《あ》せた色の縄のれんをくぐりながら、竜次郎は内心ヒヤヒヤしていた。

年増だが、やけに色っぽくて雰囲気のある女将《おかみ》が一人で切り盛りしているこの店を、実は数日前にも竜次郎は訪れていた。隼人正が足繁く通う店、と知ってのことではなく、全くの偶然だった。

偶然ではあったが、他の客たちが「枕橋の御前」の噂話をしているのを、竜次郎は小耳に挟んだ。それで思い切って、

「《枕橋の御前》て、一体どんなお人だい？」

と女将に問うたのだが、水商売の女は、そう容易に客のことを喋ったりはしない。

「どんなって……」

意味深な笑みを浮かべ、さんざんにはぐらかした挙げ句、

「あたしの、いいひとですよ」

と、女将は言ってのけた。嘘だ、とわかっていながらも、こんないい女にそう言わしめるとは、《枕橋の御前》はなんという果報者なのだろうと、竜次郎は心底羨《うらや》ましくなった。

(口説いてみようか)

当初の目的を忘れかけたほど魅力的な女将の妖艶な笑顔を再び目にしたとき、竜次郎の心は少しく波立った。

「お前、齢《とし》はいくつだ？」

燗酒と、何品かの肴を注文してから、唐突に隼人正が問うた。

「え？　おいらですかい？　恥ずかしながら、今年で三十になりやすが」

「ふむ…では、これまでに知った女の数は一人や二人ではあるまい。その男ぶりでは、女のほうが放っておくまいからな」

「いえ、そんな……」

「だが、お蓮はやめておけよ」

女将を見る竜次郎の目にただならぬものを感じたのか、隼人正はどこまでも冷淡に突き放す。

「あれは、美涼とはまた別の意味で、お前の手に負える女ではない」

「それは、御前の女だからですかい？」

という、やっかみ混じりの問いを、竜次郎は辛うじて喉元で呑み込んだ。

竜次郎は、江戸でも屈指の油問屋・山城屋《やましろや》の跡取り息子だった。

生みの母親は竜次郎が七つの歳に病で亡くなった。父親の竜蔵《たつぞう》は、棒手振《ぼてふ》りの油売りから身をおこしてやがて店を構え、いまや問屋《といや》仲間の一つに数えられるほどの財をなした。

苦労をともにした糟糠《そうこう》の妻を愛し抜いていた竜蔵は、妻の死後数年は、どんなに人に勧められても、後添いを迎えようとはしなかった。

だが、竜次郎が十三になった年、

「これだけの大店で、女将さんがいないというのはなにかとご不自由でしょう」

と熱心に勧める者があり、竜蔵もついに再婚した。

相手は、まだ二十歳そこそこの若い女で、あれほど亡妻を想っていたはずの竜蔵が、忽ち後妻に夢中になった。早い話、その肉体に溺れたのだ。

若く美しい後妻は、山城屋に嫁いだ翌年、竜次郎の弟を産んだ。

竜蔵は、孫にも等しい幼い息子を、当然溺愛した。

だからといって、竜次郎を疎《うと》んじたとか、あからさまに差別するなどということは全くなかったし、亥三郎《いさぶろう》と名付けられた異母弟を、竜次郎もまた手放しで慈《いつく》しんだ。

思えば、亥三郎がまだ乳飲み子であったあの頃が、母が死んで以来ずっと感じてきた淋しさが潰え、家族には笑いが溢れる、最も幸せな時代であったかもしれない。

だが、亥三郎が読み書きを覚えはじめるほどに長じてくると、亥三郎の母――後妻のお夏《なつ》に変化が生じた。

あからさまではないが、竜次郎に対してどこか余所余所《よそよそ》しく、亥三郎と彼が親しむことも嫌うようになった。

「兄《あに》さまはこの家の跡取りなんだから、いずれはお前のご主人になるんだよ。だから、あんまり狎《な》れた口をきいちゃいけないよ」

聞こえよがしな義母の言葉は、容易く竜次郎を打ちのめした。それが、山城屋の身《しん》代《だい》を意識してのことだとわからぬほど愚昧《ぐまい》な竜次郎ではなかった。

わかるほどに気まずくなり、家の中には自分の居場所がないようにも思えた。居たたまれずに、屢々《しばしば》外出するようになった。外で過ごす時間が長くなると、自然と悪い仲間が集まってくる。

なにしろ、金には不自由しない大店の若旦那だ。それに、生まれながらの気《き》っ風《ぷ》の良さで、忽ち不良少年たちの頭となった。おだてられ、崇《あが》められているうちに、本人もすっかりその気になってしまう。

博奕《ばくち》に悪所通い。お決まりの放蕩三昧を繰り返し、二十歳を過ぎる頃にはいっぱしの悪《ワル》として名を馳せた。

「しかし妙だな」

竜次郎の身の上話が終わるまでに、ゆるゆると三合ほども酒を呑んだ。

しかし、隼人正の口調には、もとより僅かのよどみもない。

「お前をハメて島送りとした者は、一体如何なる理由でそんなことをしたのか、考えてみたことはないのか？」

「…………」

竜次郎は答えない。できればそのことについて、これ以上隼人正とは話したくないのだ。だが隼人正は、竜次郎が懸命にひた隠している部分に、あえて触れようとしているわけではなかった。

「それに、深川八幡でお前の命を狙った者たち、そいつらの雇い主に、お前は心当たりがあるか？」

「それは……」

干された隼人正の猪口《ちょこ》に注《つ》ぎかけようとするのを目顔で断りながら、隼人正は言葉を継ぐ。

「普通に考えれば、山城屋の後妻が我が子可愛さに、邪魔な前妻の子を追っ払った、と思うのが妥当だ。だが、それなら、五年前、お前を島送りにしたことで、その目的は達せられたことになる。奇《く》しくもお前自身が申したように、二の腕に墨の入った前科者は、最早堅気の世界で、堅気と同じく生きることは難しい。ましてや山城屋ほどの大店ともなればなおさらだ。ならば、何故島から戻ったお前の命までも狙う必要があるのだ」

「確かに、言われてみりゃあ……」

言われて竜次郎は首をひねり、摑んだ徳利の中身を自らの猪口に注ぐ。

隼人正に言われるまで考えもしなかった。確かに、島送りになった時点で、彼は社会的には死人と同じだ。山城屋の身代欲しさに竜次郎を陥れた人間の目的は既に達せられている。

「或いは、お前が流刑先で死んでくれることを望んでいたのかもしれぬ。それが、ののこのこと生きて帰ってきたので、ひと思いに始末しようとしたか」

「のこのこって……」

「何れにせよ、お前、余程人に恨まれているようだな」

隼人正の言葉に、竜次郎はさすがに項垂れた。

確かに不良仲間の頭であった頃、人を人とも思わぬふるまいをしたことは何度もあった。恨みを買うとすればその頃のことが原因かもしれないが、思い当たることが多すぎて、到底絞り込めない。

「あらあら御前、あんまり若い人をいじめるもんじゃありませんよ」

新しい徳利を盆にのせたお蓮が、それを隼人正と竜次郎のあいだに置きながら言う。

薄青いよろけ縞の着物は決して派手ではないがお蓮の艶《つや》っぽい顔立ちと雰囲気によく似合い、殺風景な店の中ではまるでそこだけ花が咲いたようにも見えた。

「いじめてなどおらぬ。ものの道理というものを、懇々《こんこん》と言い聞かせていたのだ」

隼人正は憮然とし、お蓮の前に猪口を差し出した。竜次郎の酌《しゃく》は断ったくせに、美人の酌はうけたいらしい。

「当たり前だ」

竜次郎の心を読んだかのように、不機嫌な顔つきで隼人正は言った。

（だいたい、三十にもなる男を若いなどと……）

口には出さぬが、隼人正の不満の理由はそこにあった。

四

「この茶碗、但馬屋から預かったものなのだが――」

昼餉のあと、隼人正の部屋に呼ばれて行くと、美涼はいきなり、木箱に入った茶碗を見せられた。

白釉《しろぐすり》と黒釉《くろぐすり》が半々くらいの割で染め付けられ、地色もかなり灼けて渋い色合いの、筒型の茶碗だ。

「織部《おりべ》でございますか？」

差し出されたそれを、美涼は注意深く手に取った。もし本当に貴重なものであれば、触るのも憚《はばか》られる。それを、隼人正は無造作に扱っているのだから、十中八九値打ちはない、ということはわかっていたが。

「贋作《がんさく》だ。但馬屋は本物ではないかと期待していたようだがな」

「師父さまに目ききを頼んできたのですね」

「ひと目で贋作と知れたのだが、すぐに突き返しては気の毒なので、一応預かっておいた。もうよい頃おいなので、そなた、これより行って、返してきてくれぬか」

「私がでございますか」

美涼はさすがに閉口した。

本来目ききをした本人の手から返すのが礼儀であるが、目の前であからさまな落胆顔をされるのはいやなものだ。隼人正の気持ちもわからぬではない。

「頼む」

「はい」

美涼は仕方なく承知した。

隼人正もなかなかに狡猾である。師父である自分に頼まれたら、美涼がいやと言えないことを、よくよく承知している。

「竜次郎に供をさせるがよい」

「供？」

聞くなり、美涼は噴き出した。

「供なんて、連れて行ったほうがよい。荷物がある故」

「いや、いりませんよ」

隼人正は真顔で言うが、

「茶碗の一つくらい、自分で持てます」

美涼は喉奥を鳴らして懸命に笑いを堪《こら》える。それでもなお、隼人正は大真面目だ。

「いや、一つではないのだ。同じようなものが、もう三〜四個もある」

「え？」

「贋作とはいえ、預かりものに間違いがあってはならぬ。竜次郎に持たせるがよい」

断固たる口調で隼人正は言い、美涼も漸《ようや》く納得した。内心、

（はじめから、そう言えばいいのに）

と激しく舌打ちしながら。

「寄り道をするでないぞ」

「するわけないじゃありませんか」

「ならばよいが、途中には、どじょう屋もあれば、寿司や天ぷらの屋台も出ているの

ではないかと思うてな」

「行ってまいります」

ニコリともせずに応え、美涼は立ち上がった。隼人正の顔は全く笑っていなかったが、内心面白がっているであろうことは火を見るよりも明らかだった。

松平周防守の屋敷前を過ぎたあたりから、なんとなくいやな気配を背後に感じた。

但馬屋で引き留められ、つい長居をしたのがいけなかった。

隠居の長話をどうにかやり過ごしたところへ、待ってましたとばかり孫娘のお美代《みよ》が現れ、強引に彼女の部屋に連れて行かれた。

今年十五になるお美代は、数年前ちょっとしたことで美涼に助けられて以来、大の美涼贔屓なのだ。部屋では、新しく仕立てたという着物を何枚か見せられ、「美涼さまはどの柄が好き？」かと訊かれ、双六《すごろく》の相手をさせられ、一緒に芝居見物に行きたいと強請《ねだ》られた。他人の気持ちを斟酌《しんしゃく》する術《すべ》など、誰からも教えられることなく我が儘放題に育ったお美代が、美涼は決して嫌いではなかった。その翳《かげ》りのない天真爛漫さを、ときに羨ましいとさえ思った。

「美涼さまと一緒なら、お爺《じじ》もおとっつぁんも、許してくれるんですよ。ね、いいでしょう」

と甘えた声音でせがまれると、とても邪慳《じゃけん》にはできない気がする。

「では、来月にでも」

「約束ですよ」

指切りもさせられた。しなければ、帰してもらえそうになかったからだ。

おかげで、八ツ前に家を出たというのに、但馬屋を出る頃にはすっかり陽が傾き、路上はそろそろ暮れはじめている。

「待っていたのか」

店先で、手代の一人と話し込んでいたらしい竜次郎を見ると、美涼はさすがに驚いた。待っていなくていい、と言っておいたので、てっきり先に帰ったと思っていたのだ。

（これでは、完全に寄り道したと思われてしまうではないか）

美涼は絶望的な気分に陥るが、竜次郎は竜次郎で、彼女の言葉に憮然としたようだ。

「一人で帰れるわけがないじゃありませんか」

「まさか道がわからぬわけでもないだろう」

「なんのためのお供だと思ってるんですよ」

「荷物持ちだ」

とは、言わず、美涼は黙って、竜次郎のふくれっ面から前方の掘割へ視線を移した。

柳の葉を揺らす風は、どこかなま暖かい。

そうするうちにも、いやな気配は、ヒタヒタと音もなく近づいていた。

「暮れてきやしたね」

竜次郎は言い、ふと足を止めた。

「ちょっと待ってください。提灯《ちょうちん》に明かりを入れますから」

道端にしゃがみ込み、但馬屋から借りた提灯を足下に置いて火打ちを切ろうとするのを、

「いや、点《つ》けなくていい」

鋭い語調で、美涼は止めた。

「え？」

「逃げよ、竜次郎」

言いざま振り向き、そこに、黒覆面で顔を隠した男たちの一団を見出す。

顔は隠しているものの、腰に二刀を帯びた武士風体《ふうてい》の者たちが、総勢五名ほど。半町ほどの距離をとって尾行けてきていたが、美涼が振り向いたのを合図のように、忽

ち足を速めて来た。

「私とは逆のほうに逃げよ」

「なに言ってんですか。奴らの狙いはおいらですぜ」

と言うなり竜次郎は懐《ふところ》へ手を入れ、そこに呑《の》んでいるはずの匕首《あいくち》をまさぐる。

美涼は口中に小さく舌打ちすると、黒覆面の寄せ手のほうを向いたままで、素早く後退《あとじさ》った。

暮れはじめたといっても、まだ完全な闇が訪れたわけではない。武家屋敷の多い一帯なので既に人気《ひとけ》はなく、四方から押し包まれてしまっては逃げ道がなくなる。だから、早めに逃げるよう竜次郎を促したのに、敵は自分を狙ってきたものと信じて疑わぬ竜次郎は、意地でも迎え討つつもりらしい。

(ばかが)

もう一度、今度は激しく舌打ちをして、美涼は刀の鯉口《こいぐち》を切った。

どうやら、白刃を抜かずに済む相手ではないと、頭ではなく、体のほうが先に反応した。血の香の漂う修羅場を何度もくぐり抜けてきた者だけがもつ、生き抜くための「勘」というものだった。

五

半町の距離を、男たちは見る見る縮《ちぢ》めてきた。

縮めるあいだにも男たちは白刃を抜き連れ、美涼と竜次郎のすぐそばまで到る。

「畜生、てめえら、性懲りもなく、またきやがったな」

手にした匕首を胸のあたりで構えつつ竜次郎は凄むが、黒覆面の男たちは、どうも彼には興味がないようである。

「…………」

男の一人が竜次郎の正面に立つよりも早く、美涼は、自ら一歩踏み出した。踏み出しざま刀を抜けば、そこに男の体がある。

男の、脾腹から肩にかけて、美涼は抜き打ちに斬ってのけた。刀を抜いた瞬間手首を返して一応棟《むね》を用いたが、効果のほどは定かでない。

その証拠に、

「ぐッ…ガァ」

不意に胸ぐらを摑まれたような呻きを発したかと思うと、斬られた男はクタクタとその場に頽《くずお》れた。血飛沫《しぶき》こそたってていないが、美涼の剣は、そのとき確かに、男の体を両断した。

当然、他の男たちのあいだを、声にならない狼狽が走り抜ける。

彼らを動揺させておいて、美涼は素早く身を処した。即ち、竜次郎のそばから敵を引きはがし、自分のほうへ引きつけながら、なお不利にはならない場所に身を置くために。

右八相に構えつつ、美涼は内へ内へと退く。円を描くような足運びで築地塀《ついじべい》を背にした途端、

ガシッ、

目の前に振り下ろされる敵の刃を、美涼は鍔元《つばもと》近くで受け止めた。

と同時にその足が軽く地を蹴る。常人の目には映らぬほどの早業である。

「うわぉッ」

強《したた》か脛《すね》を蹴られた男は思わず刀を取り落とし、大きく飛び退いた。一体なにが起こったのかもわからず、ただ蹴られた脛の痛みに耐えるしかない。

男たちのあいだを、更なる動揺が走り抜けるが、そこから先は、予想どおりの展開となる。

美涼が密かに予期したとおり、彼らは、そう容易い相手ではなかった。

武家屋敷の築地塀を背にした美涼を三方から取り囲むと、今度は容易く打ちかかろうとせず、慎重に間合いをはかる。

様子をみるように一人が打ちかかり、
ぎゅんッ、
刃を撥ね返されると、すぐまた別の一人が美涼の脇を狙って突いてくる。

ドォズッ、
突いてきた刃を僅かにかわせば、その切っ尖《さき》は当然彼女の背後の塀に突き当たる。切っ尖は容易く折れ、五寸ばかりの折れた帽子《ぼうし》は弧を描きながら舞い上がり、まもなく美涼の足下に舞い落ちた。

「美涼さまッ」

「その先の、松平殿のお屋敷へ駆け込むのだ、竜次郎ッ」

いまにも乱刃の下へ強引に割り入ろうと色めきだつ竜次郎に、美涼は鋭く命じた。

「本多隼人正の家中の者が賊に襲われております、と声高に助けを求めれば、すぐに人数を出してくれる。早く行けッ」

「は、はいッ」

その勢いに圧《お》されて竜次郎は思わず身を翻《ひるがえ》したが、黒覆面の男たちを襲った衝撃はそれ以上であった。美涼が、「松平殿」という名を出した瞬間、覆面の下の彼らの顔が一様に青ざめるのが見えるようだった。

（そうだ。焦って、さっさと逃げるがいい）

美涼の望みは、戦闘不能となった者一人を残して、他の者が自ら逃げてくれることだった。

これ以上長く戦えば、美涼の体力が保《も》たなくなり、それを避けるには、美涼は彼らを本気で殺傷しなければならない。できればそれはしたくない。

彼らが追いついてくる前にさっさと逃げることも考えたが、それではすぐにまた、次の襲撃があるだろう。それを阻止するには、彼らの雇い主――或いは主人が誰なのかをつきとめねばならない。

（一人は生かしたままで捕らえ、他の者は放つことだ。それには、奴らが自分から逃げ出すように仕向けねばならぬ）

と美涼は考えた。

案の定、美涼の言葉に、彼らはとどめを刺された。武家屋敷から応援の手勢など呼ばれてはかなわない。

走り出す竜次郎のあとを追うには、立ちはだかる美涼を瞬時に斬り伏せねばならないが、それが不可能に近いことを、既に彼らは知っている。

問題は、最初に抜き打ちにした男が息を吹き返して、こちらの問いに応えてくれるかどうかということだった。仮に生きてはいても、大怪我を負っている可能性が高い。とすれば、到底なにかを問い質《ただ》せる状態ではないだろう。

(もう一人、確実に生かしたままで捕らえたい)

美涼がその方策を思案しはじめたとき、

「松平殿のお手を煩わせる必要はないぞ、竜次郎」

竜次郎が向かおうとしたその先の辻から、不意に現れる者がある。長身瘦軀《そうく》、黒縮《ちり》緬《めん》を着流したその影を確認するまでもなく、

(嘘でしょ)

美涼は耳を疑った。

逃げようかどうしようか逡巡していた者たちの意志が、皮肉なことに、彼の出現で決してしまった。

「待て、貴様ッ」

「駄目です、師父ッ」

美涼が思わず叫ぶのと、黒覆面の男たちが一斉に隼人正を襲うのとが、ほぼ同じ瞬間のことだった。

第三章　出逢いのとき——長崎異聞

一

十年ほど遡《さかのぼ》る、文化《ぶんか》十年五月。

本多隼人正は、先年長崎奉行に就任した古い友人の牧野大和守《まきのやまとのかみ》に会わんがため、長崎を訪れていた。

牧野大和守成傑《しげたけ》は、元は旗本松平家の五男坊だったが、子に恵まれなかった牧野家の先代当主に見込まれ、養子となった。

ひと口に松平姓といっても、その家格はさまざまで、成傑の生家は三百石ほどの小旗本だった。不遇を託《かこ》つ貧乏旗本の部屋住みの子弟が、日々の鬱憤《うっぷん》の捌《は》け口を求め、無頼《ぶらい》の生活を送ることは珍しくない。

隼人正とは、その生家が近所であったことから親しくなり、ひとまわりほども年上の成傑を、隼人正は兄のように慕っていた。

剣術も学問も、到底彼にはかなわなかった。

その成傑の、優れた才覚に目をつけた牧野家の当主もまた、名伯楽《はくらく》だったといえるだろう。二千五百石の大身《たいしん》・牧野家の養子となってからの成傑は順当に出世し、西の丸書院番、中奥番、駿府《すんぷ》町奉行、京都町奉行と、重要な役職を歴任した。

そしてこのたびの、長崎奉行就任である。

「長崎奉行ご就任、祝着至極《しゅうちゃくしごく》に存じまする」

役宅の座敷にとおされるなり、隼人正は恭《うやうや》しく頭を下げたが、

「よせよせ、堅苦しい挨拶など、お主《ぬし》には似合わんぞ」

成傑には鼻先で嗤《わら》われた。

「着替えてくるから、しばし待て」

と誘《いざな》われたのは、唐人の用いる四角い卓子《テーブル》一つが置かれた小さな居間である。

床の間に置かれた青いギヤマン細工の壺は、着任祝いの挨拶に訪れた商人からの進物であろうか。

「よく来たな、隼人正」

裃《かみしも》を脱ぎ、熨斗目《のしめ》の着流しに黒羽二重の羽織というくつろいだ姿で現れた成傑は、隼人正のよく知る顔つきで気さくに笑う。

「とはいえ、お主、長崎ははじめてではあるまい？」

「ええ、まあ」

隼人正は曖昧に頷《うなず》いた。

既に三十年来のつきあいであるから、口には出さずとも、成傑とて、隼人正の務めを、満更知らぬわけではない。

「羨ましいのう、吉原、島原、丸山と、天下の傾城《びじょ》を、すべて味見し尽くしてまいったのであろう」

「それは、大和守さまとて、同じではありませぬか」

「ふん、言うわ」

鼻先で嗤いながら、成傑は隼人正の正面に座った。卓子の上には、玻璃《はり》の器に入った琥珀《こはく》色の南蛮の酒と、透きとおった玻璃の盃が用意されている。

成傑はその瓶を手に取ると、

「まあ、飲め。お主にとっては珍しくもないだろうがな」

隼人正の前に置かれた玻璃の盃に、ゆっくりと注ぐ。自らの盃にも注ぐと、阿蘭陀《オランダ》人を真似て、その盃を高く掲げた。隼人正もそれに倣《なら》う。

「唐人どもは、こうして互いの健康と無事を寿《ことほ》ぐそうだ」

隼人正の盃に、自らの盃を軽くあてる。

「乾杯、ですね」

隼人正はそれをうけ、盃の酒をひと息に飲み干した。

芳醇《ほうじゅん》なその香りと喉を焼くかと思うほどの刺激は、南蛮酒特有の味わいである。

隼人正は決して嫌いではないが、

「毎日のように口にしていても、一向に馴れぬなぁ」

成傑はやや顔を顰《ひそ》めて言う。

空になった隼人正の盃にすぐ注ぎ入れたが、自らの盃には金輪際注ごうとしなかった。

(自分の苦手なものを、人に勧めるのか)

その可笑しさを内心で嚙み締めながら、隼人正はまたひと口、琥珀色の酒を含む。

「江戸は、変わりないか？」

「はい。相変わらずでございます」

「そうか。……よいのう」

と遠く彼方を見据える目つきで言う成傑の瞼《まぶた》の裏には、懐《なつ》かしい町並みが映っているのかもしれない。昨年京都町奉行職を任期満了した後、一年足らずで長崎奉行を拝命したため、江戸での滞在期間は結局半年にも満たなかったはずだ。

「戻りとうございますか？」

「馬鹿を言え。こちらへまいって、未だ半年も経っておらぬわ」

揶揄《からか》うような隼人正の問いに、成傑はさも忌々《いまいま》しげに舌打ちしたが、

「江戸が恋しくなるのはまだまだ先……まだまだこれからだ」

と低く呟いたその横顔には、年齢相応の疲れが垣間見えた。

着任して未だ半年足らずとはいえ、役務による心労のほどは容易に窺《うかが》い知れた。

というのも、長崎奉行は、他の奉行職とは一線を画した、些か特異な職務を担う。

その主な職責は、外国との貿易・外交であり、唐蘭両国との貿易を監督すると同時に、この二国がもたらす他の諸外国の情報にも耳を傾け、常にその動勢を把握しておかねばならなかった。

一朝ことあるとき——（外国船が急襲するなどの）火急の際には、諸侯に号令し、兵を招集する軍権を与えられている。つまり、外交のみならず、行政と軍事という、殆ど一国の君主にも等しい権力を、長崎奉行は与えられている。

凡庸な役人気質《かたぎ》の者であれば、その重責を自覚することもなく、在任中は、ただただ私腹を肥やして江戸に帰ることばかり考えるであろう。多少のことに目をつぶりさえすれば、ひと財産築くことも夢ではない、実においしい職務でもあるのだ。

だが、成傑の冴えた目には、多少どころではない不正がありありと映ってしまい、映れば到底見過ごしにはできなくなる。

「ご苦労がたえませぬな」

「お互いにな」

隼人正の短い言葉にすぐ言外の意を察すると、成傑は忽《たちま》ち笑顔になった。

「さて、折角お主が来ておるのだから、丸山にでも繰り出すかのう」

「お相伴《しょうばん》いたしましょう」

「それ、その涼しい顔じゃ。女子《おなご》になどまるで関心のないような顔をしおって、いつのまにか、座の女子どもを独り占めしてしまいおる。小面憎《こづらにく》いヤツよ」

「廓《くるわ》遊びは、大和守さまのお仕込みでございましょう」

隼人正は苦笑する。

「じゃが、お主もそろそろ四十じゃ。よく見れば、それ相応に老けたわい」

「恐れ入ります」

と神妙に応じてから、

「大和守さまは、お年をめして、益々お盛んでございますな。それがしも、肖《あやか》りとうございます」

更に真顔で言葉を継いだ。

「島原の東雲楼《しののめろう》の太夫《たゆう》……葉月《はづき》とか申しましたか？　別れも告げずに帰ってしまわれたと、泣いておりましたぞ」

「なに？」

成傑は忽ち顔色を変える。

「まさかお主、登楼《あが》ったのか？……抱いたのではあるまいな？」

「登楼りはしましたが、敵娼《あいかた》にはしておりませんよ。ひと晩中、大和守さまへの恨み言を聞かされました」

「………」

成傑が気まずげに押し黙ると、隼人正ははじめて高く声をたてて笑った。彼がそんな風に遠慮会釈もない口を利き、無防備な笑顔を見せられる相手は、或いはこの世で、成傑ただ一人かもしれない。

「お主、相変わらず独り身か」

肩を並べて遊里へと向かう道すがら、訊くともなしに、成傑が問う。

火灯し頃、大門《おおもん》を目指す人影は少なくない。その中には、唐人蘭人の姿もチラホラと見られる。

丸山遊女には、日本人だけを相手にする者と、唐人蘭人を相手をする者、二種類の者がいる。後者は専《もっぱ》ら、名付遊女とか仕切遊女と呼ばれ、廓に在籍料を払って名前を置かせてもらい、異人たちの相手をする。

ともに、日本人の客だけ、異人の客だけ、ときっちり境界線を引いており、互いの領分をおかすことは絶対にしない。だから、内心でどう思っているかは別として、両者の関係は、表面上は概《おおむ》ね良好だった。

隼人正は、成傑の問いかけには応えず、先日島原の太夫から教えてもらったばかりの端唄を、低く口ずさんでいる。

その涼しげな風情は、これから色街へおもむこうとする遊冶郎《ゆうやろう》のものとしてあまりに似つかわし過ぎて、成傑は内心呆れている。

「坂の多いまちですね。ご老体にはこたえるでしょう」

「ふん、坂なら京のほうが余程多かったわ」

ご老体と言われて、成傑は些か憮然としたが、すぐまた口調を改め、

「いい加減に、昔のことは忘れたらどうだ」

と、隼人正の冷たく整いすぎた横顔を覗き込んだ。

まだ前髪だちの少年の頃からよく見知っているはずなのに、成傑は未だに、油断をすると、その作り物のように静謐な美貌に見入ってしまうことがある。

これまで、どれほど多くの女たちの魂を奪ってきたことだろう。

だが、隼人正自身は、ただの一度も、それらの女たちに自ら心惹かれたことなど、ないのであろう。いや、「ただの一度」を除いては。

「あれからもう、二十年にもなるではないか。昔のことは忘れて、いい加減妻《めと》れ。

だいたい、本多の家の跡取りはどうする気だ」

「養子をとればすむことです。牧野家の御先代のように」

有無を言わさぬ強さを秘めた隼人正の言葉に、成傑はしばし口を閉ざした。

隼人正が、齢四十を過ぎようとしているいまも、何故頑固に妻を娶ろうとしないのか、その理由を知らぬ成傑ではない。

知るからこそ、この数年、顔を合わせる度《たび》に、どんなに煩《うるさ》がられようとも、しつこく勧めてきたのだ。

「だがな、善四郎《ぜんしろう》（隼人正の幼名）、実際に子をもうけるかどうかは別としてだな」

「もう、いい加減になさいませ」

成傑の言葉を、隼人正は遂に途中で遮《さえぎ》った。

「これから妓《おんな》と遊ぼうという者が妻を娶る話など、無粋がすぎまするぞ」

「…………」

成傑が黙ったのは、隼人正にやり込められたというより、実際そのとき、二重門と称される色街の大門を、まさにくぐろうとしていたからだった。

ほぼ同じ形をしたその瓦葺《かわらぶ》きの二つの門は、重なり合うように隣接している。ともに、傘をさせばその先が当たってしまうほどに低く、傘をさしていないときでも、思わず身を竦《すく》めずにはいられない。

門をくぐることに気をとられた成傑が言葉を止めているあいだに、隼人正は再び端唄を口ずさんだ。

原則として、奉行や奉行所の同心・与力が遊郭に出入りすることは禁じられているが、律儀にそれを守る者は殆どいまい。

着任してまだ日は浅いが、成傑は微行《おしのび》で、既に何度か、廓を訪れている。この日は、寄合町の引田屋《ひきたや》に次ぐ大きな店で、近頃美形が多いと評判の、丸山町の桔梗屋《ききょうや》に登楼った。主人の藤二郎《とうじろう》は、もとより成傑が、長崎奉行であることを知っている。

だから、ひと目彼を見るなりあきらかに狼狽《うろた》え、困惑の表情をみせた。

「生憎、花秀《はなひで》は今宵他の座敷がかかっておりまして……」

「ああ、よいよい。ゆっくり待つ故、とりあえず、酒と料理を運ばせい」

「もう敵娼《あいかた》ができたのですか」

「当たり前だ」

さも意外そうに耳許で囁《ささや》く隼人正に、やや胸を反らして成傑は応じた。

隼人正よりもひとまわり年上であるため、一緒にいると少々老けて見られがちだが、若い頃から数々の浮き名を流してきた艶福家の自負がある。大身の武士とは思えぬほどよく日に焼けた外貌は、戦国武者の如く骨太で荒々しいが、なかなかに女好きしそうでもあった。一見華奢《きやしゃ》で繊細な雰囲気の隼人正とは、この点でも好対照だった。

「妻も子もある無粋者だが、この道だけは、お主にもひけはとらぬぞ」

唇辺《くちびる》を弛《ゆる》めて成傑は嘯《うそぶ》いた。大身の旗本の養子となり、重要な役職を歴任してきたといっても、無頼の本質に変わりはないのだ、と言いたげな、不敵な笑みをみせながら。

「恐れ入りました」

隼人正は素直に頭《こうべ》を垂れた。

つきあいの長さ故、ときに実の兄のように口喧《くちやかま》しく、ちょっと煙たいところもあるが、成傑の、そういう変わらなさが、隼人正は大好きだった。

隼人正が女であれば迷わず惚れていただろうと思う男気と、あきれるほどの女好き——。隼人正の知る限り、こんなに愉快な男、他にはどこにもいない。

「これは…お奉行様ではございませぬか」

不意に呼びかけられ、成傑はもとより、隼人正も少しく緊張しながらそちらを顧みる。

仄暗《ほのぐら》い廊下を照らす灯りか、と錯覚するほど華やいだ装いの男が、強面《こわもて》数人を従えてやって来る。

「鳴《なる》海屋《みや》」

成傑は、小眉を顰《ひそ》めてその男を見た。

五十がらみで小太りで、江戸ではとっくに禁止されている黒綸子の着物、黄金に輝く唐綾《からあや》の羽織を平然と身につけている。……相当な豪商なのだろう。

ご禁令を破っても全く悪びれぬ——いや、逆に、破って当然と思わせるだけの説得力ごと、豪奢《ごうしゃ》な衣装を身に纏《まと》っているようで、初対面の隼人正ですら、見ているだけで不快になった。

「お奉行様と、斯様《かよう》なところでお目にかかりますなど、なによりの僥倖《ぎょうこう》でございます。折角ですから、ご一緒させていただけませぬでしょうか」

綺羅の衣装を纏った鳴海屋徳右衛門《とくえもん》は、満面の笑みを湛《たた》えながら、悠然と近づいてくる。

「いや、遠慮しておこう」

成傑はにべもなく応え、厳しい目つきで鳴海屋を見据えた。

「まあ、そうおっしゃらず……花秀太夫も呼んでございますれば」

「はははは……そうか。花秀は、そちの座敷か。では、のちほど邪魔させてもらおうか」

一瞬間言葉を呑み込み、次の瞬間怒りを爆発させるかと思われた成傑は、だが意外や、声をあげて高らかに笑った。

「お待ちいたしております」

鳴海屋の主人は、恭しく一礼し、成傑の前を通り過ぎて行った。

「よく我慢なさいましたね」

隼人正が耳許に囁くと、

「当たり前だ」

憤りを堪えた暗い表情で成傑は言い、

「悪徳商人め。いまに、家財没収の上、打ち首獄門だ」

ひどく陰湿に、声を殺して笑ってみせた。日頃豪放磊落《ごうほうらいらく》な男の暗い笑いほど、不気味なものはない。

二

「お客様、厠《かわや》はこちらでございます」

不意に呼びかけられ、隼人正は驚いて息を止めた。

庭先へ降り、唐人と思われる話し声が聞こえたので、そちらへ足を向けようしていたときのことだ。振り向き、そこに十一かそこらの女の子の姿を見出して、隼人正は益々驚く。

(なんだ、禿《かむろ》ではないか)

「いや、厠に用はない」

隼人正が不機嫌に首を振ると、

「では、迷われたのでしょうか。お客様のお座敷は、そちらではございません」

《禿》――長崎の方言では「カブロ」、唐人たちの言葉で「小杉板《ショウサンパン》（小型の端舟の意味）」とも呼ばれる廓育ちの少女は、赤い着物の裾《すそ》を翻《ひるがえ》してつかつかと隼人正のそばまで来た。

禿とは、そもそもまだ伸びきらず、短く垂らされた幼子の髪型のことをさすが、その少女は既に年長《た》け、元結いで束ねた髪を丸く結い上げている。仄《ほの》暗い中でも充分わかる色白の美少女だが、隼人正が見とれたのはその美貌ではなく、彼女の隙のない足運びであった。

（これは……）

隼人正はしばし我が目を疑った。

それは、確かに、武芸の素養を持つ者の足運びに他ならなかった。

「おお、どうやら迷うたようじゃ。この店は広すぎるのう」

月明かりに映えた少女の、凍える湖面のように冴えた瞳に見入りながら、隼人正はわざとらしい酔漢を装って言った。

「では、ご案内いたします」

「これはすまぬ」

隼人正はすぐに語調を改めた。

少女の口調があまりに大人びていて、しかも折り目正しい武家の妻女のようであったため、無意識にそうなったのだが、そういう自分が、自分でも可笑しくて仕方ない。

思わずこみ上げる笑いを堪えつつ、庭に面した長い回廊を先に立って歩く少女の後ろ姿を、隼人正は凝視した。

いまこの瞬間、不意に背後から襲いかかったなら、少女は一体どう身を処すことだろう、やってみたい、打ちかかってみたい、という衝動に耐えながら。

「嘘でございましょう」

「え?」

前を向いたまま、やや低く落とした声音で、少女が不意に言った。

「お武家さまがこの店に登楼《あが》られるのはこれが三度目でございます。迷うて部屋に戻れなくなったというのは嘘でございましょう」

「…………」

「はじめはひと月ほど前。二度目は三日ほど前でございます。お忘れになるはずはございません」

「あの奥は、特別なお客様しかお通ししない離れになっております。勝手に入れば、すぐに亡八《くつわ》が飛んでまいります。お気をつけください」

少女はひと息に言い切ると、不意に足を止め、そこで、深々と頭を下げた。

気がつけば、隼人正の戻りが遅いのでしびれを切らしたらしい成傑が、部屋の障子から半身を覗かせている。

少女は、その成傑に向かって恭しく辞儀をしたのだった。

「どうかお気をつけください」

もう一度言うと、少女は踵《きびす》を返して去った。

その胡蝶《こちょう》のような肢体から、隼人正はしばし視線がはずせない。

「なんだ、また、随分と若いのに宗旨替えしたではないか。いつからそのような趣味に走った？」

「冗談はおやめください」

隼人正は酔眼朦朧《もうろう》とした成傑の顔を見返した。ひとしきり酒を飲み、「とらとら」とか、「めんない千鳥」とか、妓たちとさんざん遊戯をしたので、酔いがまわったのだろう。若い頃なら何升飲んでも平然としていた成傑だが、五十を幾つか過ぎて、少し弱くなったのかもしれない。

隼人正が長崎を訪れたのは、もとより、成傑との旧交を温めるためだけの目的ではない。

新任の長崎奉行の身辺で怪しい動きがある、という噂は、実はさる筋を通して江戸までもたらされた。成傑の気性をよく知る隼人正は、彼が長崎奉行を拝命したときから、利権と不正の温床であるその職務に就くことに些《いささ》かの不安を覚えていたので、特に驚くことはなかった。

桔梗屋の小杉板が言ったとおり、隼人正はこの店に既に二度ほど登楼《あが》っていた。勿論、成傑には告げず、一人でだ。

色街にはその土地のすべてが集約されている、と言っていい。大名・旗本から、有力な富商まで、あらゆる要人の座敷に侍《はべ》る妓たちは、廓の中にいながらにして、誰よりも世事に詳しい事情通となる。

だから隼人正は、どんな類《たぐい》の調査であれ、先ずその土地の色街を訪れることにしている。

老舗《しにせ》の引田屋よりも、評判の美貌の太夫らを要し、近頃最も繁盛しているらしい桔梗屋を選んだのも、そのほうが、より多くの客が足繁く通っているだろうと踏んでのことだった。

また、ひと月ほども日をあけて二度訪れたのは、馴染みとなった妓から、より多くの情報を得んがためだった。続けて訪れる客よりも、久しぶりに訪れた客のほうが歓ばれるし、どうせ滅多に顔を見せない相手だと油断するのか、妓の口も軽くなる。

通常、この地に長く逗留している唐人は、丸山の遊女を唐人屋敷に招き、何日も逗留させる。中にはそのまま住まわせ、夫婦同然の生活を送る者もある。

自ら廓に出向くのは、日本に来てまだ日が浅く、馴染みの遊女をもたぬ者か、或いは遊女を召し寄せる財力のない、身分の低い唐人だ。だから、もし身分の高い船主などで、自ら廓に出向いている唐人がいるとすれば、その目的は妓と遊ぶことではなく、なにか別の理由からである可能性が高かった。

二度の登楼によって、隼人正は、鳴海屋徳右衛門の名を知った。

近頃頓《とみ》に羽振りのよい材木問屋の鳴海屋は、材木だけでなく、唐渡りの絹織物から陶磁器や雑貨まで、手広く商いしているという。

鳴海屋が、何人かの唐人の船主を密かに丸山の遊郭に招き、手厚くもてなしていることも間違いなかった。

（抜け荷だな）

隼人正は、確信した。

確信した上で、隼人正は、はじめて成傑の元を訪ねた。

できれば、成傑の身辺を調べに来たということを、本人には極力知られたくない。

知られぬままに目的を果たして立ち去りたかった。

（もし知れれば、あのご気性だ、ただではすむまい）

弟分のような隼人正に助けられるというのも屈辱だが、なにより、不正があるなら、自ら糺《ただ》したい、と思うはずだ。

だが、直情的な成傑の気性は、綿密さを要求されるこの種の任務にはあまり向かない。

下手《へた》をすれば、自ら鳴海屋に乗り込んで、

「抜け荷買いをしておるとはけしからん。きりきり白状いたせ」

とでも詰め寄りかねない。

だが、この手の罪状では、確たる証拠を握るか、現場を押さえるかしない限り、言い逃れられたらそれでおしまいだ。ひと度相手に警戒されれば、証拠を摑むのがより難しくなる。

(それにしてもあの禿、一体何者なのだろう)

隼人正の脳裡には、先夜の少女の、聡明そうな面影が浮かんでは消える。

月明かりの仄暗さの中で束の間見たその顔立ちは意外なほどに美しく、一度見たら到底見忘れることはないだろう。過去二回の登楼の折、何故目につかなかったのか。廓内を行き来する禿の数は、遊女の数ほど多くはないはずだから、目につかぬほうが不可解だ。

隼人正は少しく首を傾げたが、如何に美形であろうと、年端もゆかぬ禿などに注目するわけがない、という当たり前の理由には、終《つい》ぞ思い至らなかった。

それから数日、隼人正は奉行所の中に起居しながら、物見遊山のふりをして市中を探った。

材木町にある鳴海屋の店舗に怪しい動きはなく、寧《むし》ろ異様なほどに静まり返っている。「露見すれば即ち死罪」の、あぶない橋を渡る以上、そう簡単に尻尾を摑ませるような下手な真似をするわけがない。大方、取引は、奉行所の目の届かないところで行い、なんの証拠も残していないに違いない。

桔梗屋へも、何度か足を運んだ。

そして、先夜の禿が、

「小鈴《こすず》」

という名で呼ばれ、歳は十一、唐人行きの遊女と唐人船主とのあいだに生まれた娘であることなどを知った。

母は既に亡くなり、父親も帰国してしまったため必然的に、小鈴は桔梗屋の禿となった。或いは男児であれば、町屋の家へ里子に出されることもあるが、女児で、しかも器量がよいとなれば、楼主は絶対に手放さない。

(もう五、六年……いや、二、三年もすれば客をとらされることになるのか)

大人びた聡明な雰囲気の理由も、なんとなくわかる気がした。生粋の廓育ちで、あの器量だ。最上級の遊女——即ち、太夫となるべく、歌舞音曲から和歌・漢籍にいたるまで、充分な教育を施される。

身ごなしの隙のなさは、蓋《けだ》し、厳しい歌舞教授の賜物だろう。

(どのような娼妓となるのやら……)

想像するのが、隼人正には少しく楽しかった。だが、小鈴が客をとるようになったとき、果たして自分は馴染みになりたい、と思うだろうか。

年の差を考えると、それはそれで、なんだか気恥ずかしい気がしないでもない。

いや、それより小鈴のような年の娘から見て、自分は一体どう映っているのだろう。

父親か、せいぜい親戚の叔父のようなものではないか。

その日も勝手な想像を巡らせながら、大門をくぐったとき、

「もし、お武家さま」

不意に呼びかけられ、隼人正は驚いて足を止めた。声の主は、隼人正の目線よりもずっと低いところに存在する。

「小鈴か」

紅梅の小紋を着た艶《あで》やかな少女は、大門の外から隼人正を追って来た。通常、年季奉公の遊女は大門から外へ出てはいけないきまりだが、ここではその土地柄故、遊女でも、ある程度の外出の自由が許されているらしい。

「唐人屋敷に、漢籍を習いに行っているのです。有名なお坊様がいらっしゃるので」

隼人正の面上を過ぎる不審の色に気づき、小鈴はすぐにそう説明した。空恐ろしいほど聡《さと》い少女だ。

「そうか」

しかし隼人正は、さほど興味もなさそうな顔で歩を進め出す。

今日は少し色街の中を散策しようと、まだ陽の高い時刻に出向いてきた。

あたりには、客ではなくて、廓の者たちのほうがより多く行き交っている。少女に声をかけられて内心歓んでいるなどということがもし誰かに知れたら、明日から、金輪際大門をくぐれなくなるだろう。

「あのう……」

男の速い歩調に、小走りに従いながら、小鈴はやや遠慮がちに話しかけてきた。あれから、廓の中では何度か顔を合わせたが、特に声をかける理由もないので、敢えて言葉を交わしてはいない。

隼人正は、物静かで典雅な外貌をしているとはいえ、まともに相対すると、女子供を寄せつけぬ冷たさがあり、なんとなく話しにくいのだろう。

小鈴は、先夜の凛《りん》とした態度からは一変、ひどく気弱そうな様子で隼人正を見る。

「なんだ？」

「あの……明日の船祭りは、どちらで見物なさいます？」

「え？」

隼人正は足を止めた。

小鈴の言葉が意外すぎたからに他ならない。

先ず驚き、そして狼狽した。

（私を、船祭りに誘っているのか？　連れて行け、ということか？）

店に相応の金を支払えば、遊女を外へ連れ出すことは可能だ。江戸でも、吉原の遊女を芝居見物や花火見物に連れ出すことは珍しくない。だが、

（禿を連れ出すことも可能だろうか）

隼人正は本気で逡巡してしまった。

「どちらと言われても……そうだな。港の近くは見物人で溢れていようから、材木町の橋の上あたりはどうであろう」

「お奉行さまも、ご一緒ですか？」

「え？」

「もしお奉行様もご一緒されるのでしたら、くれぐれもお気をつけくださいませ」

（なんと！）

そこまで聞いて、隼人正は漸《ようや》く己の勘違いを覚った。そしておおいに、己を恥じた。

そんな大事なことに、いまのいままで気がつかなかったとは。

（どうかしているぞ）

己の迂闊さをおおいに恥じると、忽ち表情を引き締めた。

「どういうことか、詳しく聞かせてもらおうか」

瞬間小鈴が息を呑み、少しく身を震わせたほど、それは厳しい表情、厳しい詰問の口調であった。

三

船祭り。

或いは、パイロンとも言う。

長崎では、「ペーロン」と呼ばれる競渡船を用いて行う競漕《きょうそう》が、毎年端午《たんご》の節句とその翌日にかけて、大々的に催される。

鯨船に似た、幅が狭く細長い船に四十～六十人の水主《かこ》たちが乗り込み、ひたすらにその速さを競う。

元は福建《ふっけん》出身の唐人が持ち込んだ風習で、一説には屈原《くつげん》を弔《とむら》うための行事であったとも言われている。そもそも競漕に用いる船の名称であった「ペーロン」は、やがて競漕そのものを意味する言葉となった。

しかし、最終的には勝負のつく競漕である以上、見守る観客たちも激しく興奮し、ついには喧嘩沙汰にまで発展することがある。

ために、しばしば禁止令が出され、正徳《しょうとく》の頃には、唐人が湾内に練習のための船を出すことさえ禁じられた。

だが、この手の行事は、お上に禁じられたからといって、それで廃《すた》れるものではない。寧ろ、禁じられれば禁じられるほど盛んになり、年々船は大きくなり、それにつれて漕ぎ手の人数も増えていった。

くんち・はたあげと並ぶ長崎の年中行事の一つなので、当日は、長崎在住の者だけでなく、近隣からも、大勢の人が集まってくる。

あまりの人出の多さに収拾がつかなくなると、奉行所の同心や与力らも出動し、治安の維持に務める。喧嘩騒ぎが高じれば、果ては刃傷沙汰《にんじようざた》となり、ときには人死《ひとじ》にもでるので、競漕の終了後には特に目を光らせていなければならない。

だから、ペーロン当日の市中警備は、長崎奉行の重要な役儀の一つでもあった。

奉行所の主だった人数が警備のために出払ってしまうと、当然奉行の身辺警護は手薄になる。

手薄なままに、或いは奉行自らがペーロン見物に出向いたとすれば、どうなるだろう。

もし奉行の命を狙う輩《やから》がいるとすれば、この日こそは絶好の機会であろう。

（餌に食いついてきたな）

河口から数えて四つ目の橋の上に佇《たたず》み、隼人正は競漕を眺めていた。

蒼天は晴れ渡り、浪も少ない。絶好の競漕日和だ。

各船が激しく打ち鳴らす銅鑼《どら》の音は、ここまで余裕で届いてくる。とりどりの色の旗や幟《のぼり》の翻るのが蒼天に映え、目にも鮮やかだ。

（そろそろ…よいかな）

隼人正はゆっくりと踵を返し、橋を渡った。大川を右手に見ながら材木町の大通りを過ぎ、自ら進んで、人気《ひとけ》のないほうへと足を向けた。彼を追う複数の剣呑《けんのん》な気配が、一定の距離をとりながら着実に尾行けてきていることは承知の上だ。

（六、七、八……十人いるかな？）

なまくらな連中が何人いようと問題ではない。十人いても、本当に腕が立つのは、その中のせいぜい一人か二人だから、先ず真っ先に、そいつらを斃《たお》す。

（先頭から二人めと、すぐその後ろか？）

そいつらの正確な位置まで特定できたところで、やおら足を止める。

ペーロンの銅鑼の音も人々の歓声も既に届かぬそのあたりまでくると、最早《もはや》殆ど人影もなかった。

隼人正が足を止めた次の瞬間、ほんの数歩背後で、白刃を抜き連れる気配がした。

隼人正は既に鯉口《こいぐち》を切っている。だが、すぐには抜かない。そちらを振り向くこともしない。

彼の欲する間合いの中に、敵が自ら飛び込んでくるまで、息を潜《ひそ》めて根気よく待った。

複数の敵を一人で相手にしなければならないときの心得だ。無闇にこちらから仕掛けて、無駄に体力を消耗しない。

シャッ、

一条の閃光が迸《ほとばし》る。

振り向きざま、抜き打ちに斬り捨てた。おそらく、斬られた相手は、己が斬られて絶命した、という自覚もなくその場に倒れたことだろう。

刺客たちのあいだに動揺が走るのを待たず、隼人正は即座に地を蹴った。

高く跳躍し、中空で正眼に構え直す。

その男の目が隼人正の姿をとらえたときにはもう遅い。隼人正の切っ尖《さき》は、ピタリと測ったかのような正確さでその男の頭上を襲った。

「うわぁーッ」

予期せぬ攻撃に、そいつは刃を合わせることもできず、脳天に鋼の一刀を浴びて悶絶する。

隼人正の切っ尖は、すぐその後ろにいる男に向けられる。睨んだとおり、その男だけは免許皆伝級の腕前であろう。狼狽《うろた》え騒ぐ男たちの中にあって、僅かも揺るがず、隙のない中段に構えていた。

隼人正は猿臂《えんぴ》を伸ばして相手の切っ尖をすりあげ、その構えを崩しざま、肩口から脾腹にかけて、袈裟《けさ》懸《が》けに斬りおろす。

「…………」

予想だにできぬ速さで斬られた男は、断末魔の声を発することもなく、ただ大きく口を開いたまま絶命した。

腕のたつ二人を瞬時に失ったことで、残された者の受けた打撃は想像に難くない。

隼人正が、遂に邪魔な深陣笠をかなぐり捨てると、

「あっ」

複数の男の口から、驚きの声が漏らされた。

牧野家の定紋が入った深陣笠と黒紋付きの羽織で奉行を装い、隼人正は自ら刺客た

ちを招き寄せた。それがわかれば、最早刺客たちは大恐慌を来《きた》すしかない。

「奉行じゃない」

「しまった、罠《わな》だ」

「囲まれた」

彼らは口々に言い、言い合うことで一層狼狽《うろた》えた。囲まれてなどいないことは、誰の目にも一目瞭然なのに、一度疑心暗鬼にとらわれると、忽ちなにも見えなくなるのだ。

だが、逃げ腰となる刺客たちに対して、隼人正は容赦しない。

刀を、構えるまでもなく切っ尖で、次々と男たちを薙《な》ぎ倒してゆく。

倒される男たちのほうも、まるで斬られる順番を待つかのように、じっとその場に立ち尽くしたまま、隼人正の面前に立った。立ったその瞬間に、絶命させられるさだめとも知らずに。

(す…ごい)

少し離れた天水桶の陰からその一部始終を見守っていた少女——桔梗屋の禿・小鈴は、大きく目を瞠《みは》り、身を震わせていた。

(凄すぎる)

凄惨な血の惨劇をまのあたりにしているというのに恐れはなく、ただそれを為す隼人正への畏敬の念で胸がいっぱいだった。

（やっぱり、この人しかいない）

「そなた、恐ろしくはないのか？」

やがてすべてが終わったとき、刀を懐紙に拭《ぬぐ》い、ゆっくりと鞘におさめながら、隼人正は小鈴のほうへ向き直った。

冴えた瞳にじっと見つめられて小鈴は困惑したが、思い切って一歩、隼人正のほうへと進み寄る。

「そなた、こうなることがわかっていて、私にペーロンは何処で見物するのか、と訊ねたのであろう。一体なにを企んで――」

「お願いでございます」

隼人正の言葉を、小鈴は途中で遮《さえぎ》った。

その勢いに、隼人正は多少気押《けお》される。

「どうか、お願いでございます」

同じ言葉をもう一度繰り返してから、小鈴はその場に両手をつき、膝をついた。

「私に、剣術を教えてくださいませ」

「…………」

「どうか、お願いでございます」

額《ひたい》を地面に擦《す》りつけ、懇願した。

「これ、そんなところに膝をついたら、着物が汚れるぞ」

隼人正はその肩に手をかけ、引き起こそうとする。咄嗟のことで混乱したが故の行動だったが、自らの勢いを堰《せ》き止められた形の小鈴は更に語気を強くして、

「お願いでございますッ」

必死の形相で隼人正を見つめる。

「わかった」

隼人正はやむなく宥《なだ》める形になる。

「わかったから、落ち着くのだ」

「取り乱してなど、おりませぬ」

「ならば、立ちなさい。着物が汚れてしまうだろう」

「…………」

促されるまま、小鈴は漸く腰をあげた。

パタパタと両手で膝の泥を払ったのは、隼人正があまりに着物着物と気にし過ぎる

から、つい無意識にしたことだ。

「それで、一体何故《なにゆえ》剣術が習いたいのだ」

隼人正が問うたのは、泥を払い終えた小鈴が、再び顔を上げ、彼を仰ぎ見るのを待ってからのことである。

四

「敵《かたき》が討ちたいのです」

と小鈴は言った。

意外すぎるその言葉に、隼人正はしばし絶句した。

「老師の敵を討ちたいのでございます」

誰の敵だ、と問い返すまでもなく、小鈴は言葉を継いでゆく。

隼人正は、沖をゆく船と傍らの小鈴とを交互に見やりながら彼女の言葉を聞いている。

ペーロンの興奮が未だ醒めやらぬためか、市中は人波で溢れていた。壮齢の武士と遊郭の禿が一緒にいても、誰も気にとめる者はいない。

「老師というのはなんの老師だ？」

小鈴がしばし言葉を休んだところで、隼人正は漸く問い返すことができた。

「拳法の……少林寺拳法の老師です。先年、悪い奴に斬られて、命を落としました」

「悪い奴とは？」

少林寺拳を習っていたのか、ということを気にしながらも、隼人正は敢えてそのことには触れなかった。

「石和源太夫《いさわげんだゆう》と申す、破落戸《ごろつき》でございます。確か、上州《じょうしゅう》浪人で……無念流の達人とかで、剣の腕だけは見事なものでした。でも、でも……まともな立ち合いであれば、老師とて、むざむざ後《おく》れをとりはしなかったはずです」

「尋常の立ち合いではなかったのか？」

「騙《だま》し討ち同然に……」

話しているうちに、自ら感情が激してきたのか、小鈴は遂に嗚咽《おえつ》を漏らしはじめた。

「元はといえば、私の……私のせいなのです。私さえいなければ……」

（まいったな）

隼人正は心底困惑した。

女を泣かすのはある程度経験があっても、子供に泣かれるなど、滅多《めった》に——いや、殆どはじめてに等しい。

「これ、小鈴」

震《ふる》える細い肩にそっと手を置き、その泣き顔が人に見えぬよう、己の体で隠してしまうよりほか思案はなく、隼人正はそのようにした。

その結果自らの胸下へ、少女を抱き寄せることになる。抱き寄せられて、少女は自ら、彼の体に縋《すが》ってきた。

白く長い指先が、隼人正の袖を摑み、一方の手がその背にまわされた。数多《あまた》の女の匂いと肢体を知る隼人正だが、未だ女と言えるかどうかわからない少女の体には不慣れである。強く抱くことは躊躇《ためら》われるが、さりとて突き放すこともできない。

(子供を泣きやませるには、一体どうしたらよいのだ。さりとて、飴《あめ》をやって機嫌をとれるほどの子供ではないし……)

少女の仄《ほの》かな体温を懐のあたりに感じながら、隼人正は、しばし途方に暮れていた。

隼人正も小耳に挟んでいたとおり、小鈴の母は丸山遊女で、父親は唐人であった。

ただ、多少想像と違っていたのは、そもそも唐人行の遊女ではなく、日本人相手の遊女であった小鈴の母が、唐人の船主と恋に落ち、一時唐人屋敷に囲われていたということである。

「これが、父のつけてくれた私の本当の名です」

と、赤い唐綾の守り袋の中から、小鈴は小さな紙片を取り出して見せた。それには、見事な唐風の文字で、

「美涼」

と書かれていた。

「唐の読み方で、『メイリャン』というのだそうです」

波濤の彼方へ去った父を思うのか、どこか遠くを見つめる目で、小鈴は言った。

母は、彼女が四つのときに病で亡くなった。父は帰国したまま戻らず、小鈴は廓の中で育てられた。やがて物心ついた小鈴は、廓の中で見聞きする地獄に、心底辟易《へきえき》することになる。故に、長じて遊女となるまでにここから逃れ、何れ父の故国へ渡りたい、と望むようになった。

顔もろくに覚えていない父親への愛情というよりは、母と同じ悲しいさだめの遊女にだけはなりたくない、という一心からだった。廓から逃げても、日本国内にいては何れ亡八に連れ戻される。海の向こうまで逃げてしまえば、如何に執念深い亡八でも追っては来られないだろう、という子供らしい発想であった。

そのために、唐人の偉い僧侶から漢籍を学びたい、と主人に懇願し、唐人屋敷に出入りすることを許された。本当の目的は、唐人屋敷に住む少林寺拳の使い手に弟子入りし、ついでに彼の国の言葉を学ぶことだった。

少林寺拳の老師は、はじめのうちこそ戸惑ったものの、やがて小鈴の熱意に打たれ、拳法の教授をしてくれた。

学ぶこと、一年余。ひととおりの型を学び、呼吸を学んだところで、悲劇が起こった。

老師との稽古の帰り道で、小鈴は、風体のよからぬ浪人者たちが、市中の居酒屋の店先で暴れ、店の小女《こおんな》にひどいからみ方をしているのに出くわした。小鈴とさほど年の変わらぬ小女が、いまにも帯を解かれ、着物を剝《は》がされかけているのを見かねて、つい、飛び出した。一人の浪人者の尻を思い切り蹴り飛ばし、怒って摑みかかろうとする別の男の鳩尾《みぞおち》へ、拳を突き入れた。

浪人たちは悶絶した。

はじめて人に対して使った己の技に驚き、さすがに恐くなって、小鈴は逃れた。小鈴の急襲に驚き、追ってくる者はいなかった。

だが、仲間の醜態を、このとき、冷ややかな目で見据えている男がいた。それが、上州浪人の石和源太夫である。源太夫は、仲間うちでも恐れられる悪辣な男で、奸智《かんち》にも長《た》けていた。どういう手段を用いたかは知らぬが、小鈴の身元を調べあげた。遊郭の禿が、密かに少林寺拳を習っている、ということに、なにか察するところがあったのだろう。

ある日小鈴の前に現れると、拳法を習っていることを店の主人に知られたくなければ、自分と一緒に来い、と言った。廓を足抜けさせてやる、亡八が追ってきても、自分が返り討ちにしてやる、と言った。なんなら、清国に逃がしてやってもよい、とも言った。

小鈴を拉致《らち》して何処か他の土地へ連れ去り、高値で売り飛ばそうと企んでいることは、幼い小鈴の目にも明らかだった。

当然小鈴は、源太夫に従うつもりなどなかった。

老師に相談すると、彼は、自分に任せておけと言い、源太夫のもとに向かった。それを案じた小鈴は密かにあとを尾行《つ》けた。そして、信じられない光景を目にすることとなった。即ち、敬愛する老師が、源太夫の手にかかって果てるところを――。

源太夫など、たかが破落戸、とタカをくっていた老師は、彼を散々に痛めつけ、二度と小鈴の前に現れぬよう、厳しく脅せばよい、くらいに考えていた。

だが狡猾な源太夫は、老師を見ると即座に畏れ入ってその場に土下座した。全く抵抗するそぶりを見せない源太夫を、老師はますます侮《あなど》った。そして、すっかり油断した老師に、源太夫は背中から斬りつけた。

「おのれ、卑怯者ッ」

小鈴が絶叫したため、すぐに人が駆けつけてきて、源太夫は仕方なくそのまま逃走した。唐人屋敷に住む唐人は奉行所の管理下にあり、その生命を、故もなく奪うことは許されない。捕らえられれば、理由の如何を問わず死罪、ということも充分あり得た。

以来、源太夫の姿は長崎から消え、一人の唐人の死も不問に付された。

老師の陳源沢は本国に戻っても身寄りはなく、天涯孤独の身の上であることから、遺族からの苦情もあるまいと判断され、彼を連れてきた唐船主も、あえて訴えを起さなかった。寧ろ、病死として処理することに、諸手《もろて》をあげて賛成した。

小鈴にはそれがやりきれなかった。

いまは無力な自分だが、いつかきっと、老師の無念を晴らしたい。あの恥知らずな卑劣漢を、この手で叩き殺したい、と激しく望むようになった。

それが、自分のような異国の小娘を哀れと思って情けをかけ、技を伝授してくれた老師の恩に報いる唯一の道だと、小鈴は信じた。

そのために、剣を学びたい、と念願した。

老師の無念を晴らすには、本来なら老師の技を以てするべきなのだが、老師亡きいま、小鈴がその技を習得するのは困難となった。全体、老師以外の少林寺拳の使い手が何処にいるのか、探し求めるのも難しいだろう。

だが、ここは日本だ。剣の使い手ならば、どこにでもいるだろう。黙っていても人の集まってくる、ここ長崎ならば、探し求める剣の達人とも、労せず出会えるに違いない。そう信じて待つことしばし。

小鈴は遂に、出会うことができた。

師と信じるに値する使い手——即ち、本多隼人正という不世出の剣士に。

「老師の敵を討ちたいのです」

と涙ながらに訴える小鈴を、到底放っておくことはできまい、と隼人正は考えた。

剣を教えるためには、彼女を身近におく必要があるが、といって、隼人正がこの地に滞在できる日数は限られている。

(連れ出すしかないな)

と思案を定めると、それからの隼人正の行動は早かった。

「唐人殺しの現場を見てしまった小鈴をいつまでもここにおくのは危のうございます。咎人《とがにん》が、いつ小鈴を狙ってこぬとも限りません。私が責任もって庇護いたしますので、桔梗屋に話をつけていただけませぬか」

ぬけぬけと、成傑に頼んだ。

やがて巨大な敵となりそうな新任奉行の暗殺計画は、未然に防がれた。刺客《しかく》どもと鳴海屋との関係はいまのところ不明だが、敢えて生かしたまま捕らえた何人かを拷問にかければ、そのうちすべてを吐くだろう。吐かぬとしても、嫌疑をかけられた鳴海屋は、今後容易には動けぬはずだ。

これをもって、隼人正の長崎での役目は一応終えた、といっていい。

刺客を捕らえたのはあくまで偶然、ということにしてあるし（成傑がそれを信じたかどうかは別としても）、成傑としては、ここは是非とも、隼人正に恩を売る形で、当地を立ち去らせたいはずだ。

「ふむ。娘の命にもかかわることだ。桔梗屋には因果を含めよう。なに、遊女を身請けするわけではないから、それほど問題はあるまい。娘の母親は、唐人によって身請けされていたそうだから、既に年季は残っておらぬ。故にその娘は、廓の所有物ではない。娘の小父《おじ》が、今日まで娘を養育してくれた謝礼を廓に支払い、娘を引き取る、ということでよいのではないか」

もっともらしい顔で、成傑は賛同した。

降って湧いた話に困惑する桔梗屋を、どう威《おど》しすかしたかは知らぬが、それからほどなく、至極円満な形で小鈴の身柄を譲り受けた。

その件について、成傑は多くを語らず、隼人正に対して殊更恩に着せる様子もみせなかったが、ただ一言、

「その年で光源氏とは、羨ましい限りだな」

と揶揄とも本音ともつかぬ言葉を漏らした。隼人正はただ静かに微笑むだけで、その言葉を、否定も肯定もしなかった。

五

稲佐山《いなさやま》の頂《いただき》に登れば、長崎湾が一望できる。蒼海に浮かぶ緑の島影が、水面の反射でまるで水墨画のようにも見えるその景観が、隼人正は大好きだった。

だからその日も、彼は小鈴を連れて稲佐山にのぼった。

「生まれ育った土地に、別れを告げるがよい」

「はい」

旅装束に身を包んだ小鈴は素直に頷くと、言われるまま、出島も丸山も定かならぬその景色に見入った。

「小鈴…いや、美涼」

「え？」

「そなたの本当の名、唐読みではメイリャンだが、和読みすると、『みすず』になる。奇しくも、廓では『こすず』と呼ばれていた。故に私は、今後そなたを美涼と呼ぼうと思うが」

「みすず……」

「気に入らぬか？」

「いいえ！」

小鈴──いや、小鈴改め、美涼は、激しくかぶりを振った。

「本当の名で呼んでいただけるなんて、嬉しゅうございます、師父さま」

大きく瞳を戦慄《わなな》かせたので、泣くのではないかと危ぶんだが、杞憂であった。

「ありがとうございます、師父さま」

眩しいほどに明るい目をして、美涼は笑った。これまでためてきた悲しみも孤独も、すべて振り捨てたかと思える鮮やかな笑顔だった。その笑顔に安堵しつつも、

(師父、か)

呼ばれて悪い気はしないが、さほど嬉しくもない。

もしかしたら自分は、最早金輪際《こんりんざい》おろすことのかなわぬ重荷を背負い込んだのではないか。漠とした不安に嘖《さいな》まれつつも、いまはその美涼の笑顔だけで満足しようと、隼人正は思った。

第四章　男と女

一

「師父さまッ！」

美涼の叫びは、結局隼人正には届かなかったのだろう。

次の瞬間、黒い着流し姿の隼人正の体が、音もなく闇に溶けた。

いや、実際にはその動きがあまりの捷《はや》きに過ぎ、常人の目では追いきれなかっただけなのだが。

ザザッ、
と強く地面を踏みしめた黒覆面の武士らは、既に隼人正の面前に到っている。殺気に漲《みなぎ》る幾本もの白刃が、隼人正をぐるりと取り囲んだ。

隼人正が静かに刀を抜いたのは、闇中《あんちゅう》に一条の白い光が閃《ひらめ》いたことでわかった。

だが、鋼と鋼のぶつあり合う音はいつまでたっても聞こえてこないし、それ故の青白い火花が散ることもない。

何故なら、隼人正は、敵とは一合も刃を合わさなかった。刃を合わせることなく、的確に相手の急所を突く。闇中からは、

ぎゃッ、

とか、

グァッ、

とか、

絶叫とも斬音ともとれる音声が鳴り響くだけだ。

(相変わらず、凄すぎる)

美涼は呆れる思いで懸命に目を凝らしている。

かつて、隼人正から剣を学び、その身ごなしのあまりの捷さに苦しめられた美涼の目には、辛うじて映った。隼人正の、舞うように美しい動きが――。

黒覆面の五人も、決して凡庸《ぼんよう》な使い手ではないはずだが、隼人正の動きに対しては、まるで子供同然だった。

斬音と悲鳴が五つばかり交互に鳴ると、それきり足音も息遣いも尽き果てる。あたりには、夜へと向かう武家屋敷には似合いの、ほどよい静寂が戻った。

「提灯に火を入れよ、竜次郎」

美涼は、ぼんやり立ち尽くしているであろう竜次郎に命じた。

「へ、へい」

竜次郎は言われるまま蹲《うずくま》り、火打ちを切って蠟燭《ろうそく》に火を点《つ》けた。

ぼんやり灯った仄明かりに照らし見れば、予想どおりだ。隼人正の足下には合計五体の死屍が転がっている。

（うわ、最悪……）

それを一瞥《いちべつ》した途端、美涼は絶望的な気分に陥った。

「殺してしまわれたのですか？」

隼人正は応えず、血塗られた刃を、懐紙に拭っている。

涼しげな横顔には、僅かの疲労の色も見られない。無駄な動きをしていないのだから、当然といえば当然なのだが、何事もなかったかのようなその風情、小面憎いほどである。

「どうして、皆、斬っておしまいになったのです」

美涼は、あたりに漂う生臭い血の匂いに辟易しながら、もう一度不満げに問うた。

「一人でも生かしておけば、こやつらの雇い主の名を聞き出せたかもしれませぬものを」

「その必要はない」

だが、隼人正の返答はにべもない。

しかも、有無を言わさぬほど、強く断定する。

「生かしておいても、こやつらからはなにも聞き出せはせぬ」

「そんなこと、わからぬではありませぬか」

という反駁《はんばく》の言葉を喉元で辛うじて呑み込み、

「なれど、師父さまは何故ここに？」

隼人正が困惑しそうな問いを、わざと発した。

案の定、隼人正は、

「あまりに帰りが遅いので、心配で迎えに来たのだ」

とは言えず、不機嫌に口を閉ざすしかない。

実際、但馬屋の孫娘に引き止められているのだろうと、ある程度の予想はついた。

だが、よりによって、竜次郎と一緒だ。この数日彼を見てきて、見かけほどのワルではないとわかったからこそ、美涼の供につけたのではあるが、だからといって、二人が、どこぞに寄り道をするのは面白くない。

わざわざ迎えに来たのは、なにやら虫が知らせたこともあるが、二人して、どじょう屋などにしけ込まれるのがいやだったからに他ならなかった。

「なにをしておる、竜次郎」

やむなく隼人正は、矛先を、提灯に火を入れたきり呆気にとられて立ち尽くしている竜次郎に向けた。

「提灯に火を入れたのだから、私の先を歩かねば意味がないではないか。一体なんのための供だ」

「あ、は、はい」

竜次郎は慌てて隼人正のほうへと走り寄った。

「おいらのせいで、御前にも美涼さまにも、すっかりご迷惑をおかけしちまって……」

「別に、お前が望んだことではあるまい」

「でも、御前……」

「いいから、行け」

「はい」

促されるまま、先に立って歩きだす。隼人正は粛々《しゅくしゅく》とそのあとに続く。やむなく美涼も、隼人正とともに歩いた。

立ち待ちの月が頭上に現れ、足下を照らすまで、もう寸刻も待たないだろう。生憎《あいにく》雲に覆われた朧《おぼろ》月夜だが、隼人正とともに歩くなら、闇夜でさえもが美涼には嬉しい。その足どりの軽さが、隼人正にも伝わったのだろうか。

「お蓮の店に行く」

という言葉は、竜次郎と美涼の両方に向けて発せられたものだった。

だからすかさず、美涼は問うた。

「私も、ご一緒してよろしいのですか?」

「よいも悪いも、一人で帰すわけにはゆかぬではないか」

困惑気味に隼人正は応え、美涼は内心ニヤリとした。そして竜次郎は、

(なんだか面倒くせえ人たちだな)

年齢不相応に拙《つたな》い二人の駆け引きに、甚《はなは》だ呆れていた。

隼人正が、これほど強く「必要ない」と言うからには、本当に必要ないのだろう。

それは、わかる。

子供の頃から、師父の言うことは常に絶対で、疑ったことなど、一度もなかった。

一度もなかったがしかし、何故彼がそう言いきれるのかを、美涼は懸命に思案した。

そして忽然《こつぜん》と覚った。

(奴らの雇い主が何処の誰なのか、師父は既にご存じなのではないか)

現役を退いて隠居したとはいえ、隼人正のかつての部下である小人目付《こびとめつけ》は、いまでも彼の命《めい》に従う。彼らを用いて、既にある程度の調べをつけているのではないか。

黒覆面の武士たちを、自分の命を狙ってきた刺客《しかく》、と竜次郎は思い込んでいるが、

(どうも、違うようだ)

漠然と、美涼は感じていた。

勿論、前回の刺客があまりにお粗末だったので、今度は金に糸目をつけず、格の高いのを雇ったとも考えられる。

だが、それだけでは説明のつかぬ不思議な統一感が、黒覆面の男たちからは感じられた。それは、深川八幡の破落戸たちからは微塵も感じられなかったものだ。

(おそらく同門の、それも目録以上の者たちではないだろうか)

と思われた。美涼には、さすがにその流派までは特定できなかったが、何合か斬り

合った男たちの太刀筋の中に、共通するものを感じ取ることはできた。

（あれは、はじめから師父を狙ってきた刺客ではないのだろうか）

その職務柄、隼人正は少なからず人の恨みを買っている。逆恨みに相違ないのだが、彼のせいで取り潰された藩の遺臣たちにしてみれば、殺しても飽き足らないところだろう。

「ときに竜次郎」

お蓮の店でひと頻《しき》り飲み、適度に酔いがまわったところで、ふと思い出したように隼人正が言った。

「先刻私が斬り捨てた者たちだが、あれはそもそも、私と美涼を狙ってきた連中だ。お前とは、全くなんの関係もない」

「え？」

「矢張《やは》りそうでしたか」

訝《いぶか》る竜次郎の疑問を押し退《の》けるように、美涼は思わず身を乗り出す。

「それで、一体何処の誰が、師父さまのお命を――」

「そこまではわからぬ。だが、正確には、私とそなたの命を狙うておるのだ。そなたも気をつけよ」

「はい」

素直に頷く美涼を、驚きの目で竜次郎は見た。

「ちょ、ちょっと待ってくださいよ。いってぇなんだって、お二人が命を狙われるんでさぁ？」

「竜次郎」

「は、はい？」

「詮索は無用だ」

静かではあるが一抹凄みのこもる口調で言われると、竜次郎は黙るしかなかった。

「師父さまには、奴らの剣の流派もおわかりになりますか？」

「わかることはわかるが、名は忘失した。確か、西国の一地方に伝わる流儀だ。江戸には伝わっておらぬ。従って、雇い主は西国の者だと推測できる」

「西国ですか」

美涼は納得し、これまで隼人正が関わって断絶に追いやってきた西国の藩の名を順繰りに思い浮かべようとした。

しかし、当時の美涼は隼人正から教授されるあれやこれやを取得するのに必死で、彼が行っている任務にまでは注意を払っていなかった。思い浮かべようとしても、土台無理な相談だった。

二

朝餉のあと、今日は一日おひまをいただけませんか、と竜次郎が言ってきた。

てっきり、実家の山城屋にでも顔を見せるつもりなのかと思い、

「家に帰る気になったのなら、重畳《ちょうじょう》ではないか。一日と言わず、そのまま家に戻るがよいぞ」

笑顔をみせて美涼は言ったが、竜次郎は忽《たちま》ち困惑した。

「いえ、その……島から帰《けえ》ってから世話になってた奴に、無事を知らせてやろうかと。こちらにお世話になりましてから、なにも知らせてませんので、屹度《きっと》心配してると思いますんで……」

なにやら煮えきらないその様子に、

(女か)

美涼は容易く察することができた。

江戸に戻ってから、昔馴染みの世話になっていた、と竜次郎は言ったが、その昔馴

染みとやらが、男か女かを問い質《ただ》したことはない。

蓋《けだ》し、女なのであろう。

それも、罪を犯して島送りとなり、なにもかも失った傷心の男に、昔の誼《よしみ》で手を差し伸べてくれる、菩薩のごとき女である。辛いときに救ってくれた相手を思うのは、人として当然の気持ちだ。

「すみません。暮六ツまでには戻りますんで、そのあとの御前のお供はおいらがしやす」

と竜次郎の言う「御前のお供」とは、お蓮の店へのお供のことを言っているのだろう。はじめからあの店へ行くものと決めてかかっているのが、美涼を一層不快にさせた。

「戻らずともよい。師父のお供ならば、甚助がおる故」

忽ち不機嫌な顔をする美涼に戸惑いながらも、隼人正の許しを得た竜次郎は足どりも軽く出かけて行った。

「どうしてお許しになったのです」

その不機嫌を、美涼はやむなく隼人正に向けた。

「許すも許さぬも、別にあやつは、当家に年季奉公しているわけではない。寝食は与えているが、禄《ろく》を食《は》ませているわけではない。好きなときに出かけて行くのが当たり前ではないか」

「ならば、何故あやつを家に入れたのです？　島帰りな上に命まで狙われれていることを、憐れと思《おぼ》し召したからではないのですか？　自由に出歩かせて、また狙われたらなんといたします」

「いや」

小難しい顔つきで書見をしていた隼人正は、つと顔をあげ、不思議そうに美涼を見た。

「島帰りの前科者に、私はいちいち情けをかけはせぬが」

「…………」

「そなたは、何故そうむきになるのだ」

「むきになど……」

なってはおりません、と言いかける言葉を途中でやめたのは、言ってしまったら、隼人正の言葉を認めるだけだと気づいたためだ。

気づいて忽ち冷静になり、口調を改めた。

「竜次郎は、女に会いに行ったのです」

「そうか」

「命を狙われている竜次郎の身も案じられますが、奴が会いに行くことで、女は更に危険に曝《さら》されるではありませぬか」

「なるほど、そなたは竜次郎の女の身が心配なのか」

「え、ええ、まあ……」

隼人正に指摘されて、美涼は少なからず戸惑った。

自らの不機嫌の理由がなんであるか、自分自身よくわかっていなかったのだが、よくよく考えればそういうことになるのだろうか。いや、実際はどうであれ、とりあえずはそういうことにしておいたほうがよさそうだ。

「そうです。竜次郎が命を狙われるのは、自業自得なところもあるでしょうが、竜次郎の女には、本当に、なんの罪もないのですから」

「ふむ」

隼人正は少し考え、

「しかし、女はなにもかも承知で竜次郎に惚れたのであろうし、もし命を落とすことになったとしても、それはそれで、本望というものではあるまいか」

美涼に言い聞かすというより、書物に書かれた文字でも朗読するように、淡々とした口調で言った。

「そうでしょうか」

隼人正の言葉を意外に感じて、美涼はしばし考え込んだ。

小首を傾げて思案していたが、

「だとしたら、女とは、なんと愚かで、悲しい生き物ではありませんか」

期せずして、そんな言葉が口からこぼれる。

隼人正は、そのとき大きく目を瞠り、まじまじと美涼を見つめたが、

「知らなかったのか?」

という質問は、口には出さずに呑み込んだ。

知るわけがない。色里で生まれ育ったとはいえ、美涼には、未だ一度も、異性に惚れた、という経験はあるまい。

その昔、書を学ばせる際に、女子には四書《ししょ》のような硬いものよりこのほうがよかろうと思い、「源氏物語」を読ませたが、最初の桐壺《きりつぼ》の巻を読み終えたところで、退屈だ、と言い、隼人正を困惑させた。

仕方なく、今度は「太平記《たいへいき》」を読ませてみると、こちらは忽ち夢中になった。

そういう気性の娘なのだ、と理解してからは、美涼の嫌うことは敢えてさせず、彼

女が望むことだけを学ばせてきた。

自然と、男女の色恋などからは興味が遠のき、武張ったことばかり好むようになってしまった。困ったものだ、と思う一方で、だが隼人正は、そのことに安堵もしているのだ。もしも美涼が、どこぞの男に惚れでもしたら、そのとき果たして平静でいられるかどうか、隼人正は自信がなかった。

竜次郎の実家、山城屋は、両国広小路から日本橋へ抜ける途中、汐見橋《しおみばし》近くの問屋《とい や》街にあった。

堂々たる大店ばかりが軒を連ねる中、両隣の家に少しもひけをとらぬ大家である。

なんとなく面白くない気分のまま、昼過ぎから家を出た美涼が、その店の前を通りかかったのは、必ずしも偶然ではない。

無意識ではなく、意識して足を向けたのだ。

店先に集まる客を見れば、その店の商売が繁盛しているかどうかがわかる、と言われるが、山城屋の店先は極めて静かなものだった。

先年来、油の値段は急騰している。

いや、油に限らず、米も味噌も、なにもかも、人の暮らしに必要なもののすべてが値上がりしており、庶民は不自由を強《し》いられている。

夜の闇に明かりを灯すための油も、鬢《びん》を整えるための油も、切り詰めようと思えば、それが可能な贅沢品だ。料理屋や武家屋敷など、大手の取引先には毎月決まった日にまとめて届けるのがきまりだから、直接店を訪れるのは、その日必要な油を、必要なだけ買いたい個人の客だけだ。

店を訪れる客が少ないからといって、必ずしも、その店が流行《はや》っていないというわけではなく、寧ろ大口の客が多いということなのかもしれなかった。

（それにしても――）

最前通り過ぎてきた広小路の人出の多さに比べて、大店が軒を連ねた問屋街全体に漂う、この異様なまでの静けさはどうだろう、と美涼は思った。

人出の割に、暖簾《のれん》をくぐって店内に入り、買い物をする客があまりにも少ない。皆、しばし足を止めて軒先を覗き込むだけの冷やかしの客なのだ。この不景気に、ものの値段ばかりがこう値上がりしては、気前よく買い物などする気になれないのも無理はない。

「美涼さま」

不意に背後から名を呼ばれた。

振り向くと、但馬屋のお美代である。普段お店《たな》の中で身につけているような華美な絹物ではなく、粗末な黄八丈を身につけているので、とても大店の孫娘には見えないが、

「どちらへお出かけです？」

結綿《ゆいわた》の髪に挿したびらびら簪《かんざし》の銀が、陽をうけてキラキラと輝いていた。もとより、町人に向けられた奢侈《しゃし》禁止令では、着物や帯だけではなく、櫛・簪の類についても、厳しく定められている。

金銀の使用禁止は言うまでもなく、べっ甲、珊瑚《さんご》のような高級細工も、見つかれば勿論咎められる。

だが、実際には、これらの細工物については非常に微妙で、町方の者も、さほど喧《やかま》しく取り締まらない。いや、取り締まれないのである。

仮に黄金の簪、べっ甲細工と思われる簪を見つけても、

「いえ、これは安物の模造品でございます。決して本物ではございません」

と言い逃れられてしまえば、それ以上は追及し難《にく》い。余程の眼力がないと真贋《しんがん》の判別がつけにくいものについては、どうしても取り締まり意欲が稀薄になる。

故に、金持ちの町人が密かに贅沢品を用いようと思ったならば、そのための抜け道

はいくらでもあった。

お美代の髪に挿した簪も、おそらく本物だろう。

「習い事の帰りか？」

お美代の傍《かたわ》らには風呂敷包みを抱えた若い女中がいて、荷が重いのか、薄く汗ばんでいる。包みの中は、大方お美代の着物かなにかであろう。確かお美代は、踊りとお琴、それに活け花を習いに行っているはずだ。

「はい、踊りのお稽古の帰りです。……お師匠さんに、しぼられちゃって。おっかないんですよ、踊りのお師匠さん」

「どうせお前が、おさらいをして行かなかったからだろう」

「だってぇ、難しいんですよ、いま習っている曲の振付」

お美代はペロリと舌を出す。

「繰り返し、おさらいをするしかないな」

美涼も思わず苦笑した。廓《くるわ》にいた頃、当然踊りの稽古はさせられていた。

美涼は、母の血故か、天性その才能に恵まれていたらしく、教えられた振りは、すべて一度で覚えることができた。隼人正とともに長崎丸山を去ってからは勿論稽古をしていないが、もしいま急になにか踊れ、と命じられたなら、最低でも三曲くらいは踊れる自信があった。

あのまま丸山の廓にいれば、いまごろは、母に劣らぬ名妓となっていたかもしれない自らの運命を思うと、思わず苦笑せずにはいられない。当時はいやでいやで仕方なかった廓の暮らしも、いまとなってはただ懐かしいばかりだ。

（あのとき、師父と出会わなければ……）

遠い過去へと思いを馳せる美涼に本能的な不安を感じたのか、お美代は不意に美涼の手をとった。

「ね、それより、美涼さまこそ、山城屋さんになにかご用なんですか？」

「山城屋を知っているのか？」

「ええ、ここのご主人はお祖父《じじ》さまの釣り友だちで、亥三郎さんと私は、幼馴染みなんですよ」

「そうなのか」

意外な結びつきに、美涼は目を瞠る。富商同士、業種は違っても、どこでどう結びついているか、わからぬものだ。

「では、竜次郎のことも知っているか？」

「ああ、あの札付きの……」

言いかけて、お美代は自ら口許を押さえた。口に出すのが憚られるくらいの悪い情報といえば島流しの前科者という事実以外にないだろう。お美代のような箱入り娘にとっては、札付きのワル、というだけで充分恐ろしいのに、それが、正真正銘、本物の悪人、犯罪者なのだ。思い出すだけでも、余程怖かったのだろう。すっかり顔色が青ざめている。

だが、

「団子でも食べるか?」

美涼が誘ってやると、滅多にないことなので、忽ちお美代は機嫌を直し、相好《そうごう》をくずした。

「お団子なら、この先の鈴屋《すずや》さんが美味《おい》しいんですよ」

お美代は美涼の腕をとったまま、一途に歩き出す。美涼は抗《あらが》わずそれに従う。団子の美味《うま》い店に興味はないが、とりあえず、お美代の知る限りの山城屋情報を聞き出せればそれでいい、と美涼は思った。

「明日も一日暇をやる故、今度こそ、家に帰れ」

夕刻、上機嫌で帰宅した竜次郎に、ひどく重々しい口調で美涼は言った。

「なんですよ、怖い顔して」

少し酒が入っているのか、竜次郎の口調はいつにもまして軽々しい。

途端に、美涼の柳眉《りゅうび》が少しく逆立つ。

「己の父親が病に伏せっていること、知らぬのかッ」

「え？」

「家に戻るかどうかは別として、病の親を見舞うのは、子として当然ではないか」

「………」

「まさか、行かぬ気ではあるまいな？」

「親父には、女房も子も……れっきとした家族がいるんですよ。おいらが行って、なにができるってんです。おいら、医者じゃねぇんですから」

「お前も家族ではないか」

「いまさら、おいらなんぞが顔を出したからって、喜ばれませんや」

玄関口で言い争う二人を、隼人正がそっと覗き見ている。

「我が子の顔を見て歓ばぬ親など、どこにもおらぬッ！」

「とっくに死んだものと思ってますよ。だいたい、島帰りの前科者が、表通りの大店なんぞに出入りした日にゃあ、なんて言われるか。……下手《へた》すりゃ商売の邪魔になりやす。苦労知らずのお嬢さまには、下々《しもじも》の事情なんざ、おわかりにならないかもしれやせんが」

「この、たわけッ！」

火のような怒声を発するなり、美涼は竜次郎の胸倉を摑み、

「確かに、私にはわからぬな。実の父親の顔も知らぬ故――」

言うなり、竜次郎の顔面が火を噴いた。

どぎゃッ、

気がつくと、美涼の怒りの拳を、竜次郎は右頰と鳩尾《みぞおち》とに、同時に食らっている。

「勝手にしろッ」

悶絶して土間に蹲《うずくま》った竜次郎の頭上へ言い放ち、それきり美涼は自分の部屋に戻ってしまった。

残された竜次郎は、ただ呆気にとられ、痛みに堪《た》えるしかない。

「苦労知らずのお嬢様はまずいぞ、竜次郎」

しばらくして、見かねた隼人正が竜次郎の様子をさぐりに来た。

「美涼は、実の親の顔もろくに知らずに育った寂しい娘だ。二親ともにおらぬのだ」

「え？」

「だから、実の父親が健在でありながら、少しも親を顧《かえり》みず勝手をしているお前が、美涼のことを『苦労知らずのお嬢さま』などと言ってはならぬ。殴られるのも当然だ」

「だって、そんなこと、知らなかったんですから……」

鼻血を袖口に拭いながらゆっくりと身を起こし、困惑気味に竜次郎は言う。

「そうですか、美涼さま、二親が……」

ふと真顔で隼人正を見返すと、

「それじゃあ、美涼さまと御前は、その……ご関係…は？」

恐る恐る訊ねてみる。

だが、隼人正はそれには答えず、

「美涼は、幼い頃に母を亡くし、実の父親の顔も知らずに育った故、家族というものに対する思い入れが人一倍強いのだ。お前にはお前の考えもあろうが、少しは美涼の気持ちも考えてやれ」

物静かでありながら決して反駁《はんばく》を許さぬ強い口調で言い、ゆっくりと竜次郎の肩に手を置いた。そして、じっくりと竜次郎の様子を凝視する。

彼の体を気遣ってというより、手加減なしの美涼の拳をまともに食らうと、一体どの程度の痛手を被《こうむ》るか、興味があってのことだった。

三

美涼の機嫌をとろうというわけではなかったが、竜次郎は翌日、実家へ向かうべく、本所枕橋の本多家隠居所を出た。

多少の照れもあって、美涼にはああ言ったものの、父が病と聞いて、竜次郎とて全く気にならなかったわけではない。いや、実はものすごく気になっている。

だが、広小路を歩くうちにも、次第に気が重くなってきた。

（お夏のアマになんて言われるか……）

いざとなると、やはり敷居が高い。

竜次郎が荒れはじめた頃、竜蔵への気遣いからか、義母のお夏は、よく竜次郎に小言を言った。

「竜さんがあんなになっちまったのは、あたしのせいなんです。申し訳ありません、お前さん」

聞こえよがしに泣いてみせることもしばしばあった。

そういう鬱陶《うっとう》しさを嫌い、竜次郎は益々家に寄りつかなくなり、常磐津《ときわず》の師匠やら、辰巳《たつみ》芸者の家やら、懇《ねんご》ろになった女たちのところを転々とするようになった。女たちは皆快く彼を受け入れてくれたが、竜次郎の心の隙間は、結局どの女によっても埋められなかった。

（いや、なんか言われんのは仕方ねえとしても、こっちはなんて言えばいいんだよ。今更、親父が心配で、なんて言えるかよ）

美涼に訴えたならば、更に二、三発殴られそうなか弱い心を抱えて、竜次郎は行く。広小路をぶらつき、屋台など冷やかしたりしていると、竜次郎の足は、いよいよ先へ進まなくなった。

（あれ？　お夏じゃねぇのか？）

過ぎ行く人波の中へぼんやり目をやっているときに、ふと見知った顔を、竜次郎は見出す。

（何処へ行く気だ？）

薄紫の小紋に、黒繻子の帯を流行りのお太鼓結びにしたお夏は、足どりも軽く広小路を抜けてゆく。

（親父が病気なんじゃねぇのかよ。病人ほったらかして、いってぇ何処へお出かけな

んだよ）

竜次郎の足が目的地とは逆の方向へと動きだした。お夏のあとを追って――。

広小路の人混みを掻き分け、お夏は不忍池方面へ足を向けるようだった。

（おい、まさか、出合茶屋で間男《まおとこ》と逢い引きなんてこたぁねぇだろうなぁ）

竜次郎の胸を、一抹の不安が過《よ》ぎる。

お夏が父・竜蔵の後添いに入ったのは、彼女がまだ二十歳になるかならぬかという年頃のときだった。それでも充分嫁《い》き後《おく》れと言ってよい年齢だったのだが、あの頃のお夏はまるで小娘のようでもあった。竜次郎にとっては優しい姉のようでもあり、気がつくと、よく軽口をたたきあって悪ふざけした。

だが、嫁《とつ》いできて二年目、亥三郎が生まれてから、明らかにお夏は変わった。

それでも、竜次郎には、嫁いできてまだ間もない頃のお夏のことがいまでも忘れられないのだ。

だから、自分に無実の罪を着せ、島送りにした張本人がお夏であろうと想像できても、責める気にはなれないのである。

「なんという男だ。女と見れば、見境なしか」

つと、怒りのこもった声音で耳許に低く囁かれ、竜次郎は戦《おのの》く。

囁き声の主が何処の誰なのか、顔を見ずともわかっていたからだ。

「美涼さま、どうしてここに？」

「お前が家に帰るかどうか、確かめるために決まっていよう」

いつもと同じ男装の美涼が、竜次郎のすぐ背後にいる。怒りに青ざめる美涼の顔を、恐いもの見たさで、ほんの一瞬だけ竜次郎は盗み見た。

「それをお前は、性懲《しょうこ》りもなく女の尻ばかり追いかけて……しかも、あれはどう見ても人妻ではないか」

「ち、違うんですよ」

竜次郎は慌てて首を振る。

「あれはおいらの義理の母親なんですよ」

「なに？」

美涼は驚いて問い返す。

「では、山城屋の後妻か？」

「ええ。おかしいでしょう。親父が病に伏せってるってのに、女房が一体何処に出かけようってんです」

「なるほど」

「だから、尾行《つ》けてみようと思ったんですよ」

「なるほど、もっともだ」

竜次郎の言い分に、容易く美涼は納得した。

「では、尾行けよう」

納得すると、話は早い。竜次郎に肩を並べて足早に歩きだした。

(まいったな)

その黒髪の匂いをすぐ間近で嗅ぎながら、竜次郎は困惑する。

義母の向かった先が、どうやら自分の予想どおりらしいと知れてきたためだ。

広小路を通り抜けたお夏は、三橋《みはし》を渡り、真っ直ぐ仁王門前町《におうもんぜん》を通り、一途に不忍池へと向かう。

不忍池は、琵琶湖に準《なぞら》えて作られた人工池で、池の中ほどには、本家の竹生島《ちくぶしま》に肖《あやか》り、弁天島が設けられている。島には弁天様を祀ったありがたい祠《ほこら》もあり、参道も作られているほどだ。

ところがその参道に、近年とんでもないものが建ち並ぶようになった。

「まさか、男と落ち合って出合茶屋へ入るつもりではあるまいな」

竜次郎が思わずドキリとしたほど、悪びれもせずに美涼が言った。

　すると、その言葉を忽ち裏付けるように、お夏が弁天島の参道に到った途端、柳の陰からスッと姿を現し、その傍らに寄り添った者がある。竜次郎のように、見るからに遊び人風情の男ではなく、白紺の棒縞をきっちりと着こなした、生真面目なお店者《たなもの》風の男である。年の頃は、三十半ば。お夏よりも、やや年下で、竜次郎よりはちょっと上かもしれない。

（あの男……）

　竜次郎は忽然と覚《さと》る。

（確か、手代の……竹次《たけじ》と言ったか？）

　竜次郎の顔色が変わるのを、美涼も敏感に察している。

「不義密通」

　その言葉が、最も相応《ふさわ》しからぬ唇からボソリと漏らされたとき、折しも、睦《むつ》まじく連れ立った二人が、一軒の出合茶屋の門口に立つ。躊躇《ためら》うことなくそのまま建物の奥へと呑まれいくのを見届けながら、

「私たちも入ろう」

　美涼が言った。

「え？」

「隣の部屋で、二人の寝物語を盗み聞くのだ」

という美涼の意図には竜次郎も賛成だったがしかし、問題は、この二人の関係を、茶屋の者たちにどう受け取ってもらうか、である。美しい若衆姿の美涼と、遊び人風体の竜次郎。この二人が連れ立って出合茶屋の敷居をまたいだら、果たして人からどう思われるのか。

正直言って、竜次郎にはそら恐ろしかったが、美涼は一向平気であった。

「お前、なにを狼狽《うろた》えている? 世の中にはさまざまな好みの者がおる。男色趣味の二人が茶屋を利用したとて、なんの障《さわ》りがある?」

「いえ、それは……」

美涼の肝《きも》の据《す》え方に、かつて悪名を轟《とどろ》かせたはずの竜次郎のほうが焦りまくってしまう。

「但し、中で妙な気を起こせば、殺すぞ、竜次郎」

「わかってますよ」

竜次郎は仕方なく応え、肩を竦《すく》めた。

「それより、竜次郎、店に入ったらすぐ、お前は案内《あない》の者に、厠《かわや》へ行きたい、と告げ、あの二人のあとを追うのだ。そして二人が通された部屋の場所を確かめよ」

「あ、ええ、わかってますよ」

と仕方なさそうに応えながらも、竜次郎は内心、美涼のその咄嗟《とっさ》の機知に舌を巻いている。箱入り娘のように見えて、一体これまでどのような人生を歩んできたものだろう。

「では、行け」

ともに出合茶屋の軒をくぐった瞬間、美涼は竜次郎の背中を強く押した。

「わかりましたよ」

竜次郎は暖簾をくぐって店内に入り、そのまま一途に、お夏らのあとを追った。

「ねえさん、すまねぇ、厠を貸してくんな」

奥から出てくる老女の返事を待たず、竜次郎は飛ぶように店の奥へと飛び込んだ。

美涼と竜次郎が通されたのは、お夏たちの一つ隣の部屋だった。

この手の店では、空き部屋が多いときは、必ず両隣をあけておく。声が隣室に聞こえてしまうのを避けるためだが、どうせ隣室でも、同じような声をあげているのだから、そんな配慮は無意味だろう、と竜次郎は思う。

「なるほど、床《とこ》ははじめからのべてあるのか」

衝立で隔てられた奥の間を覗き込んで、美涼が感心したような声をだした。

部屋は二間続きになっていて、襖を開けるとすぐのところには長火鉢が置かれ、酒《しゅ》肴《こう》を頼めば飲み食いもできるようになっている。奥の間にのべられた艶《なま》めかしい朱色の布団には大きさの違う枕が二つ並んでいた。

「随分と、派手な色の褥《しとね》だな」

物珍しげに室内を見てまわり、時折無邪気な嘆声をあげる美涼に、竜次郎は内心呆れている。

「まあ、廓《くるわ》でも、こんな色の褥は使っておらぬぞ。吉原ではどうだ？」

「店にもよりますかね」

渋い顔つきで竜次郎は応じた。

竜次郎のことなど、どうせ男とも認めていないのだろうが、二人きりでこんな場所にいるというのに、全く意識してくれないというのは、一体どういうことだろう。

（これがもし、相手が御前だったりしたら、もちっと、違う態度になるのかね）

竜次郎は甚《はなは》だ面白くない。

勿論、昨日思いきり殴られたことへの不満もある。

（確かに御前は男前だし、腕もたつけどよう、俺だって、女にかけちゃあ、それなり竜次郎にとっては、美涼は、強く美しく、充分に魅力的な女なのだ。少しはこちらの気持ちも知ってもらいたい。

「美涼さま、いま店のもんが酒と肴を運んで来やすから、それまでは、あんまり部屋ん中をうろうろしねぇでくださいよ。変に思われますから」

「酒など注文しておらぬではないか」

「注文してなくても、持ってくるんですよ」

「ふうん、そういうものなのか」

美涼は素直に竜次郎の傍まで戻ってくると、長火鉢の前に座った。

「そういや、美涼さま、いま、廓がどうとかおっしゃってましたが……」

一旦聞き流したが、いま改めて、竜次郎はそのことに思い当たった。三十にもなる遊び人で、女にも堪能なはずなのに、どうやら彼のほうが、余程この状況に舞い上がってしまっているらしい。

「ああ、私は十一の歳まで廓にいた。禿《かむろ》だったのだ」

「…………」

竜次郎は咄嗟に声も出せぬほど驚き、美涼の顔にじっと見入った。嘘や出任せを言っている顔ではなく、竜次郎はしばし言葉を失っていた。

「そういえば、そなたには、若くして亡くなった兄がおるのか？」

「え？」

「竜次郎という名は、長男にはふさわしくないのではないか」

「ああ」

竜次郎は苦笑し、「生まれてすぐ死んじまった兄貴がいたみたいです」と述べた。

美涼はさすがに、自らの浮かれた発言を恥じ、口を閉ざした。

と、そこへ、

「失礼します」

店の女中が、竜次郎の言ったとおり、頼んでもいない酒と肴を運んできた。少し太り気味の女中が、ひどくゆったりとした動作で酒肴を竜次郎の傍らに置き、

「ごゆっくり」

と頭を下げて部屋を出て行くまで、美涼が女に余計な言葉をかけるのではないかと、気が気ではなかった。

だから、襖が閉められた次の瞬間、徳利をとって手酌で注ぎ、ひと口に飲み干した。

四

「ああ…竹さん、竹さん、早くお前とこうしたかったよ」

「女将《おかみ》さん、あたしもですよ！」

隣の空き部屋に忍び入り、壁に耳をつけると、その声はほぼ筒抜けだった。

「他人行儀《ぎょうぎ》な呼び方はよしとくれ！　二人きりのときは、お夏、って呼んでおくれって、いつも言ってるだろう」

「お夏……」

「竹さん」

互いの名を何度か呼び合うあいだに、二人がなにをしているかは、実際目《ま》の当たりにせずとも、容易く想像できた。

いや、なまじ裸の男女を目の当たりにするより、密やかな吐息や湿った囁き声を聞くほうが、余程淫靡《いんび》で鮮やかな場面を想像することができる。

竜次郎は当然細部にわたるまでかなり具体的に想像したし、美涼もぼんやりと想像した。

「あぁ……お夏」

「竹さん」

「お、お夏、あ…あたしは、もう……」

「いいよ、竹さん、あたしももう……」

「お夏ぅ……うっ」

男の声が切れ切れとなり、やがてひと声、断末魔にも似た声音が座敷いっぱいに響いたところで、つと、すべての音声が尽きた。

何故なのかを竜次郎に問わねばならぬほど、美涼は無知な小娘ではない。なんといっても、廓《くるわ》育ちなのだ。

ただ、中年男女の濡れ場の凄さには、すっかり毒気を抜かれたようで、

「ああいう声は、遊女が客の気をひくためにわざと大袈裟に発しているのかと思っていたが、実際に発することもあるのだな」

やがて唖然とした顔で低く漏らした。

竜次郎もまた、半ば呆気にとられている。濡れ場の凄さは言うに及ばず、あの義母に、そういう一面があったということが、彼の記憶の中のお夏と重なり、妙に生々しく感じられる。

（親父の前でも、そうだったんだろうか）

チラッと想像しただけで、竜次郎は我知らず、激しく興奮した。

それから、すぐ鼻先にいる美涼の黒髪と膚《はだ》の匂いに、更に興奮した。

果たして美涼は生娘《き》なのであろうか。こんなに凄い濡れ場の音声を聞いて、なにも感じるものがないとすれば、蓋し生娘なのであろう。

互いに気をやり合い、相果てたあとの静寂は、永遠とも思えるほどの長きに亘《わた》った。

「ねぇ、竹さん、あたしゃ、恐いんだよ」

やがて静寂のあとで聞こえてきたのは、最前の、狂ったように熱い情交の音声とはうって変わって、別人のようにしみじみとしたお夏の言葉だった。

「竜次郎、江戸に戻ってるんだろ？」

「ええ」

と応える竹次の声音が短くくぐもっていたのは、煙管でも銜《くわ》えているためか。

「戻ってきてるなら、なんで家に姿を見せないんだよ。あたしのこと、相当恨んでるだろうに」

「なに言ってんです、女将さん。竜次郎さんが島送りになったのは自業自得だ。女将さんのせいじゃありませんよ」

「でも……」

「いいですか、女将さん。なんの証拠もないんですよ」

いつしか、竹次のお夏に対する言葉つきはいつもの調子に戻っている。彼の頭が冷静に働きはじめた証拠であった。

「けど、女将さんがそれほど不安に思われるなら、竜次郎さんが、金輪際家に戻れねぇようにすりゃあいいんですよ」

「竹さん、まさか、お前……」

「八丈でくたばってくれりゃあ、面倒がなくてよかったんですがね。女将さんだって、それを願ってたんでしょう」

「そりゃあ、そうだけど……」

「お坊っちゃん育ちのくせして、存外しぶといお人ですね」

竹次の言葉に、竜次郎はビクリと反応し、その体は薄く震えだす。怒りを堪えているのであろう。

「でも、次は必ず仕留めますよ。安心してください、女将さん」

「ちょ、ちょっとお待ちよ、竹さん」

お夏が懸命に言い縋るのを、

「亥三郎坊ちゃんに、山城屋の身代を継がせたいんでしょ。だったら、腹括《くく》るより他、ありませんや」

竹次は冷たく突き放す。

突き放されれば、お夏は一層惑乱するだけだ。

「だ、だからって、なにも、命までとらなくても……前科者になったんだから、生きてたって、もう店は継げないよ。それで充分じゃないか」

「なに言ってんです、女将さん、竜次郎に生きてられちゃなにかと面倒だってことくらい、おわかりでしょう」

「…………」

「女将さんは、なにも心配しなくていいんです。すべてあたしが、引き受けますから」

「竜次郎の居所はわかったのかい？」

「それが、例の常磐津の師匠…文字若《もじわか》の家から消えちまってから、もうかれこれ十日近くも、行方が知れなかったんですがね」

竹次がそこで言葉を止めたのは、煙管の灰を煙草盆に落とすために他ならなかった。灰を落とし、新しい葉を詰めて、また一服点けてから、

「昨日、文字若の家に現れたそうですよ。四つ過ぎに来て、六つ前には帰って行ったそうですがね。……女を締め上げりゃあ、奴の居所はじきに知れます」

竹次は、いっぱしの悪党のような言葉を吐いた。実際、すぐ隣にいたお夏は、自分の関係した男が想像以上の悪人であったことに震えたし、隣室にいる竜次郎の身のうちの震えも、更に激しくなった。

(やはり、怖れていたとおりになった)

ただ一人、孤高の冷静を保ち得た美涼だけが、火急の危機に対するまともな反応をみせた。

「おい、文字若という常磐津の師匠はお前の女か?」

「ええ、まあ」

「何処に住んでいる?」

「谷中《やなか》の天王寺《てんのうじ》裏ですが」

「近いな。急ごう」

「え?」

美涼は竜次郎の袖を摑み、グィッと強く引いた。そのまま、部屋を出ようとする。

「自分の女の身に危険が及ぼうとしているときに、なにを間抜けな顔をしておる」

「いえ、あの……」

「文字若の家に行くのだ。もう遅いかもしれぬが、とにかく、行ってみなければ……」

「は、はいッ」

美涼に引きずられながら、竜次郎も漸《ようや》く状況を呑み込んだ。一刻も早く、文字若の身の安全を確認しなければならない。できれば、竹次の手下が彼女の身を害する前に。最悪の場合、彼らが文字若の身柄を拘束するか、何方かへ連れ去っているかもしれない。だとしても、行ってみないことには事情も知れないし、今後の方策も立たないであろう。

「急げ」

ぐいぐい彼の腕をひいて廊下へ出たところで、美涼はもう一度、低く口中に怒鳴った。声を、まわりに響かせぬための配慮であったが、怒りで我を失っていた竜次郎を覚醒させるには充分だった。

「すみません、先に行きます」

店を出たところで早口に告げ、告げるなり、裾を端折《はしょ》って駆けだせばいい。竜次郎は直ちにそのようにした。美涼は真っ直ぐ、そのあとを追えばよかった。

五

山城屋は、竜次郎の父・竜蔵が一代で興《おこ》した店で、竜蔵は棒手振りから身を起こした叩き上げなので、代を重ねる大店にありがちの係累や、面倒な柵《しがらみ》などは殆どない。

そもそも山城屋という店の名も、油売りから身を起こして一国一城の主になったと言われる斎藤道三《さいとうどうさん》の逸話に肖《あやか》ったもので、竜蔵自身は山城出身でもなんでもない、生粋《きっすい》の江戸っ子だ。

だが、そんな看板を掲げていると、山城の出身だという者が、口入れ屋を通して、次から次へと集まってくる。

七年前、二十歳も半ばを過ぎた年齢《とし》で山城屋に奉公しはじめた竹次も、やはり、山城の国出身というふれ込みで店に来た。

童顔で小柄な体つき故、当時は少年のようだった竹次も、いまや立派な商売人の風貌を身に着けている。後妻と密通し、与太者《よたもの》を雇って店の跡取り息子を殺そうとするような悪事を、一人で企んだとすればたいしたものだが、一人の企みにしては些か大胆すぎる気がしないでもない。

「常磐津の師匠が無事であったのはなによりだな」

隼人正は終始無言で美涼の話を聞いていたが、ゆっくり茶を喫《きっ》し終わると、先ず言った。

「美涼の案じたとおりになったわけだが、よく間に合ったものよ」

「それが、師父さま……」

そのことを思い出すと、可笑《おか》しくてたまらないらしく、美涼は口許《くちもと》を押さえて忍び笑っている。

「美涼さま」

竜次郎は終始項垂《うなだ》れているが、そのことには触れられたくないようで、俯《うつむ》けた顔には見る見る苦渋が滲んでゆく。

「すまぬ、竜次郎」

美涼は懸命に笑いを堪えるが、堪えようとすればするほど、そのときの竜次郎の顔が思い出されて仕方ない。

なんのことはない。文字若という常磐津の師匠には、竜次郎の他にも男がいて、その男というのが、八丁堀の同心だったのだ。

「あんなおっかない人が一緒にいるんですから、そこいらの破落戸なんかが手出しできるわけありません」

笑いを堪えて美涼は言うが、同じ男として、隼人正には竜次郎の気持ちが多少理解できるようで、僅《わず》かも笑いはしなかった。

「なんにしても、無事であればそれでよい。それより、継母《ままはは》と密通している竹次という手代が、すべて己一人の才覚で企んだのか、背後で糸を引く者がおるのか、問題はそこだぞ」

「はい」

「竹次とやらがどれほどため込んでいるかは知らぬが、何度も与太者を雇えるだけの財力があるようには、どうしても思えぬ。この不景気だ。悪事の相場もあがっていようからな」

「密通相手の後妻が竹次に小遣いを与えているのでは？」

「かもしれぬな」

隼人正は小さく頷いた。

相変わらず表情に乏しいので、なにを考えているのか、さっぱりわからない。

「そういえば、不義密通の証拠を摑むため、義母たちのあとに続いて、そのほうら、出合茶屋に入ったと言うが――」

「はい」

美涼は悪びれずに頷くが、竜次郎はいよいよ深く項垂れてゆく。彼が隼人正の顔をまともに見られない理由の大半は、それだった。

「出合茶屋？」

その言葉を耳にした瞬間、ピクリと眉を動かした隼人正に、殺されるのではないか、とさえ思った。

少なくとも、首筋にヒヤリと凍りそうな刃を当てられた心地だった。もとより、殺されはしなかったし、隼人正はそのまま聞き流していたのだが。

話が再び、そこに戻った。

竜次郎は生きた心地もしない。

「その形《なり》で、か？」

だが、小眉を顰《ひそ》めながらの隼人正の問いは、美涼一人に向けられたものだった。

「はい」

美涼は再び、大きく頷《うなず》く。

最早ひとときもいたたまれぬ風情で頭を垂れている竜次郎とは、実に好対照である。

「よく入れたものだな」

嘆息混じりの言葉を発しながら、だがその実隼人正は、半ば感心していた。

「はい。衆道の男たちも、存外ああいうところを利用するものなのかもしれませんね」

と、美涼はどこまでも悪びれなかったが、

(美涼はともかく、竜次郎がその道の男になど見えるものか)

隼人正の心も顔つきも、あくまで冷ややかだった。

そのとき二人を部屋まで案内したという茶屋の女中が、二人のことをどう思ったのか、そのことにこそ、隼人正は興味があった。

第五章　さまざまな災厄

一

「うわぁ、なんです、これは！」

縁先に積み上げられた桐の小箱の山を見るなり、美涼は驚きの声をあげた。

外出から戻った美涼は、当然隼人正に帰宅の挨拶をしようとその居室へ足を向けた。

そして廊下に出た途端、箱の山に、行く手を阻まれたのだ。

「但馬屋の隠居が、また持ち込んで来たのだ」

部屋の中から、隼人正の億劫《おっくう》そうな声が応じる。

縁先に向かって座した隼人正は、今日も熱心に書見をしている。

元々読書家で、家にいる限りはほぼ毎日書見をしていたら、最早読むべき書物もなくなってしまうのではないかと、美涼は本気で案じている。

「また、織部ですか？　よく、懲りもせず、買いますねぇ」

半ば呆れつつ、美涼は箱の蓋《ふた》をとり、何気なく中を覗き込む。先日但馬屋へ返却したのとほぼ同じ色合い、ほぼ同じ形の茶碗である。

手当たり次第に蓋をあけてみると、なんと、箱の中身はすべて同じ茶碗だった。

「なんです、これ。全部同じ茶碗じゃありませんか」

「いちいち違うものにするのも面倒だったのだろう」

「え？」

「贋物《にせもの》だ」

と断じる隼人正の声音に、軽い憎悪がこめられていることに、美涼は驚いた。

贋物なのはわかっている。わからないのは、いくら相手に気を遣っているとはいえ、ひと目でわかる贋物をすべて預かろうという隼人正の人の好さである。

「わかっているなら、まとめて突き返せばよろしいではありませぬか」

全部で二十個ほどもある箱の中を、隼人正は既にすべて検分したのだろうか。だとしたら、不機嫌なのも無理はないだろう。

だが、はじめから贋物とわかっているなら、預からずに持ち帰らせればよいではないか、と美涼は思う。決して広いとはいえぬ隠居所に、箱入りの贋物茶碗を二十個も預かるその気が知れない。というか、寸分違わぬ贋物を一度に持ち込んでくる但馬屋も但馬屋だ。一体どういうつもりなのだろう。

「しかし、贋物ばっかりこんなに集めて、一体但馬屋はなにを考えているんでしょうね」

「これらは皆、但馬屋が作らせているものだ」

「え？」

書面に視線を落としたままの隼人正の言葉に、美涼は耳を疑う。

隼人正が読んでいるのは書物ではなく、美涼の留守中に何処かから届けられたらしい書状であった。

「私の目をも欺けるほどの贋作《がんさく》が完成したら、よからぬ商売でもはじめようという魂胆だろう」

「まさか、そんな……」

美涼は唖然《あぜん》としながらも、隼人正の顔を盗み見た。たまに真顔で冗談を言うことがあるので、うっかり鵜呑みにするわけにはいかない。

だいたい、温厚で見るからに人の好さそうな、あの但馬屋の隠居が、まさか、そんなよからぬことを考えるなど、美涼には到底信じられなかった。

「そなたは知らぬだろうが、あれは食えない狸《たぬき》だぞ。一代であれほどの財を築いたのだから、まあ、当然ではあるが」

「本当ですか？」

「因業《いんごう》な悪徳商人でもなければ、このご時世、商売など成功するものではない」

にべもなく隼人正は言い、読み終えた書状を、丁寧に畳み直した。

「で、竹次のほうには、なにか動きがあったか？」

「いえ、特になにも……」

敷居を跨《また》ぐと、美涼は隼人正の前に座し、軽く一礼した。隼人正も軽く頷く。

「この数日、店から一歩も出る様子はありません」

「竹次という手代は住み込みなのか？」

「ええ、そのようですが」

「よい歳をして、珍しいな」

「山城屋では、所帯を持つまではなるべくお店に住み込ませているようですよ。独り《ひと》者に独り住まいをさせると、悪所通いやらで無駄遣いをしてしまうから、ということで。主人……竜次郎の父親がそのようにさせているそうです」

「竜次郎に聞いたのか?」

「はい」

「なるほど。……では、女将と竹次は、店の中でも通じているかもしれぬな」

「まさか」

「いや、住み込みの者では仕事の用事でもなければ、そうそう外へは出られぬ。ましてや、そういう理由から、独り者の独り住まいを禁じているのであれば、使用人の外出には厳しいはずだ」

「でも、お店には何十人もの使用人がおります。どんなに隠そうとしても、隠しきれるものではありません」

廓《くるわ》で生まれ育った美涼は、男女の交わりの激しさ、危うさというものをよく知っている。人目を忍ぶ不義密通ともなれば、そのことへの精神的な興奮から、より激しく貪《むさぼ》り合うだろう。いくら主人が病床にあるといっても、誰にも気づかれずに不義の関係を続けるのは不可能だ。

「隠せはせぬ」

「では……」

「既に、使用人たちのあいだに噂は広まっているのかもしれぬ。だが、もしそうなら、お店は何《いず》れガタガタになる。自らの産んだ息子に身代を継がせたい女将が、それを承知で手代と不義などはたらくとは思えぬ。とすれば大方、竹次に一方的に誑《たら》し込まれたのであろう」

「竜次郎が遠島になる前から、二人は通じていたのでしょうか」

「さあな。何れにせよ、裏で竹次を操っている者を焙《あぶ》り出さねばどうにもならぬ」

「いっそのこと、竹次を連れ出して、少々痛めつけてみてはいかがでしょう」

「そうだな。竹次がどうにも尻尾《しっぽ》を出さぬときは、それもやむを得まいな」

美涼と隼人正の意見がなんとなくまとまったところで、二人は一旦口を閉ざした。

庭先に降りた雀《すずめ》の囀《さえず》る声音が耳に響くほどの静寂が不意に訪れ、美涼は内心ドキッとする。物騒な会話が不似合いなほど午後の陽は麗《うら》らかだった。隼人正の端正な額にかかる陽射しが眩しく、美涼は一旦目を逸《そ》らす。

「お茶を淹《い》れてまいりましょうか」

「いや、いい」

ある種の息苦しさから、彼の前を去ろうとする美涼に、だが隼人正は即座に首を振った。そして口調を変えると、

「ところで美涼、牧野大和守様を覚えているか？」

折り畳んだ書状を、傍らの文机の上へ置きながら問うた。もとより美涼は覚えている。

「はい。……先の長崎奉行様ですね」

「私とは古い馴染みなのだが、お歳のせいか、どうも近頃、あまりお加減がよくないらしい」

「そう…ですか」

書状の送り主は、牧野大和守成傑であったか。

長崎奉行の任を終えてからは、江戸に戻り、本丸勤めであったと聞く。主要都市の奉行を歴任しての帰還であったから、当然老中への出世もありかと思われたが、書院番を数年勤めただけであっさり役を退いてしまったようだ。

「明日にでも見舞いに行こうと思う」

「はい」

「そなたも一緒に参れ」

と言われ、美涼は少しく戸惑った。

「私もでございますか？」

長崎へは、ひと度《たびか》彼の地を離れたあとも何度か立ち寄った。

隼人正が奉行を助けるため、陰で奔走していることは、隼人正自身から教えられずとも、美涼にははじめからわかっていた。

彼のしていることが具体的になんなのかはわからぬが、それが悪いことではなく、世の中のためになることだと、先ず本能で察し、彼の人柄に触れるようになってからは確信した。

そして、長崎奉行が、たとえ旧知の間柄でなかったとしても、隼人正は、悪の根を絶つため、彼に協力を惜しまなかったであろうとも思った。

奉行の大和守とは、丸山の廓でも、隼人正とともに旅立ってからも勿論、何度か顔を合わせている。

同じ武士でも、隼人正にはどこか自由の匂いが漂っていて、扶持取りの堅苦しさがなかった。大和守にも、その風は幾分あったが、美涼が出会った頃は、長崎奉行という役職のせいもあり、如何にも大身《たいしん》の殿様然とした威厳が備わっていた。おおらかな気性の持ち主らしく、多少の軽口は叩くものの、なんとなく近寄り難く感じたのも事実である。

「桔梗屋からそなたを身請けする際、大和守様には世話になった。そなたもお見舞いを申し上げるべきだろう」

「は、はい、わかっております。勿論、ご一緒させていただきます」

　美涼は慌てて言い募った。

　いやがっているように思われぬよう、懸命に笑顔をつくりながら。

「でも、大和守さまのお加減、そんなにお悪いのでしょうか。私までお訪ねして、ご迷惑ではないでしょうか。……そうそう、おまさに言って、お見舞いの品を用意いたしましょう」

　そそくさと腰を上げ、出て行こうとする美涼を、隼人正はすかさず呼び止めた。

「美涼」

「袴《はかま》はならぬぞ」

「え？」

「その男装束《しょうぞく》はならぬと言っておるのだ」

「では、なにを着て行けばよいのでしょう？」

「昨年但馬屋が持ってまいった青い菖蒲《しょうぶ》の裾模様の友禅、まだ袖も通していないのであろう。あれがよい」

「え、あんな派手な着物を？」

「金糸銀糸は使っておらぬ故、それほど派手ではない。帯は黒繻子《しゅす》。髪も結うておけ」

「…………」

隼人正の細かい指示に、美涼は戸惑った。

確かに、格上の屋敷を訪問するのだから、それなりにきちんとした身なりで行くべきなのはわかる。だが、着物や髪型まで具体的に指定されるなど、はじめてのことだった。

(どうして?)

訝《いぶか》るように、美涼は隼人正を見つめたが、

「そなたがあの着物を着たところを、私が見てみたいのだ」

とは言わず、隼人正はそれきり黙って口を閉ざしたままだった。

二

牧野家の屋敷は、一ツ橋御門外、三番火除地《ひよけち》のすぐ隣にあった。

一ツ橋通りを挟んで、向かいは、伊勢《いせ》亀山《かめやま》藩主・板倉主計頭《いたくらかずえのかみ》の上屋敷である。

お城の御門のすぐそばとなると、さすがに大身の旗本・御家人の屋敷、大名小名家の上屋敷が多い。

当然、古くからの名家が多く、あたりに漂う雰囲気は、通常の武家屋敷とも一線を画するものがある。

街路に人の出入りは少なく、何処からともなくかんかん能の調べが聞こえてくるなどということは、先ずあり得ない。かんかん能は兎《と》も角《かく》として、あまりに閑静すぎるのも、美涼には少々苦痛であった。

隼人正に言われたとおりの装束を纏《まと》い、髪も、御殿女中のような島田に結っている。当然、二刀も手挟《たばさ》んでいない。得物《えもの》といえば、帯に挟んだ懐剣がひとふり。どれほど実戦の役に立つものか、甚だ心許《こころもと》ないばかりだ。

馴れぬ服装に武家屋敷の威圧感は、容易《たやす》く美涼を苦しめた。

（これから毎日こんな格好でいろ、と言われたら、どうしよう）

女装束に用いる紐の数の多さと、その結びのきつさ。子供の頃はそれを当然と思っていたのかもしれないが、一度楽な男装束に慣れてしまうと、こんなに窮屈なものはない。

着慣れぬ着物の窮屈さにすっかり気をとられていて、今朝美涼のその姿をひと目見た瞬間の隼人正の表情を、美涼は見逃した。

一瞬ハッとなり、それからしばし、陶然と美涼を見つめた隼人正の視線に、残念ながら美涼は気づかなかった。もし気づいていれば、窮屈な思いも満更ではない、と思ったであろうが。

路上では、道行く人々の視線が気になって仕方なかった。特に、顔見知りと出くわしそうな近所では、なるべく誰とも目を合わせないようにした。

「こんなところを、先日のような刺客に襲われましたなら、ひとたまりもありませんね」

隼人正の耳許に囁《ささや》いたのは、両国橋《りょうごくばし》を渡って、かなり行ってからのことである。

「お城の近くで派手にことを起こそうなどという馬鹿者はおらぬ」

隼人正はあっさり言い返した。もっともだった。

門番に名を告げ、取り次ぎを頼み、暫時《ざんじ》玄関脇の使者の間にて待たされてから、成傑の居室に案内されるまで、四半刻はかかった。

(これだから、大身のお屋敷はいやだ)

美涼は内心辟易《へきえき》している。

もとより本多の本家だって、牧野家と同じくらいの大身で、隼人正の隠居前には、美涼とてお屋敷暮らしをしていたことがある。

門番、槍持から、中間、若党、草履取り、用人に下働きの者も含めると、常に二十人近い使用人が屋敷うちに起居し、縁先からちょっと庭へ降りようとすれば、忽《たちま》ち、何処からともなく草履取りが駆けつけてきて、足元に履き物を揃える。蹲《つくばい》で手水《ちょうず》を使えば、若党か中間がすっ飛んできて、手ぬぐいを差し出す。

至れり尽くせりには違いないが、同時に、息苦しいことこの上ない。

美涼にとって幸いだったのは、当時の隼人正が江戸に滞在する期間は短く、長いときでもせいぜいひと月、短いときにはほんの数日で、すぐ次の旅へと赴《おもむ》いてしまうことだった。

隼人正は、常識的な行儀作法には厳しかったが、それは美涼が廓で身につけた作法でも充分補えるものであったから、武家の子女の作法を学ぶにあたって、それほど苦労することはなかった。隼人正の立ち居振る舞いを、かねてより美しいと感じていた美涼は、自らもそれを心懸けた。

だから、窮屈に思えたのは、矢張りお屋敷での暮らしそのものなのだ。

「お久しゅうございます」

隼人正が辞儀をするのに倣《なら》い、美涼も指をつかえ、深々と頭を下げた。

「おう、よう来た、憲宗」

脇息に体を持たせ、牧野成傑は、怠惰な姿勢で二人を出迎えた。

「お元気そうでございまするな。さては、病《やまい》が篤《あつ》いなどと、嘘でございましょう」

「そうでも言わねば、そちは顔を見せぬであろう。方便というものだ。……美涼も、ようまいったな」

「は、はい」

戸惑いながら、美涼はゆっくりと顔をあげる。確かに、還暦を過ぎてもなお矍鑠《かくしやく》とした風情の成傑は、昼酒でも食らっているのではないかと疑いたくなるほど血色がよく、到底病人には見えなかった。

「美涼、ちこう参れ。そこでは遠い」

「え？」

「のう、もっと儂の近くに」

「行かずともよい、美涼」

困惑する美涼に、隼人正がキッパリと断を下した。

「嫁入り前の娘をからかうのはやめていただきましょう」

「ハハハハハ…冗談じゃ。そう怖い顔をするでない」

「相変わらず、困ったお人でございますな」

笑い崩れた成傑に、隼人正は苦笑する。

「まあ、よいではないか。おかげで儂も、久しぶりで美女の顔を拝ませてもらえた。……そちのような自由気ままの若隠居と違って、大旗本の隠居は退屈なものじゃぞ」

「なにを仰《おお》せになるかと思えば……そのご様子では、吉原へ日参されているのではありませぬか」

「儂も齢じゃ、日参とまではゆかぬわ」

苦笑《にがわら》いまじりに成傑は言い、それからやおら真顔になった。

「それに、吉原遊びも最近はつまらぬぞ。幕府が、投扇興《とうせんきよう》の遊びを禁じるふれを、すべての廓に向けて出したこと、存じておるか?」

「元はやんごとなき殿上人《てんじようびと》の遊びに、下々が興じるなどけしからん、と言うのでしょう。あきれた了見です」

「全くじゃ。廓の遊び一つ禁じたところで、世の中、なにも変わらぬわ」

成傑はひとしきり憤慨し、そしてしばし言葉を休んだ。

美涼は伏し目がちに顔を俯《うつむ》け、両者の気配を窺《うかが》っている。笑ったり憤慨したりしてみせてはいるが、成傑の感情にはさほどの起伏は見られない。すべては、なにか重大な打ち明け事をする前の、話の「枕」というものであろう。

一方、思案顔で口を噤《つぐ》んだ成傑に対して、隼人正は沈黙を守った。

こんなとき、決して話を急《せ》かしたり、自らなにかを語り出したりはしない。成傑の口から次の言葉が発せられるのを――そのときを、じっと待つ。

ほどなく、そのときが訪れた。

「吉原帰りではないがな、さるところで、女と逢うた帰り、思わぬ災難に遭うた」

「財布でも掏《す》られましたか？」

「馬鹿を言うな。この儂の懐を狙うような命知らずの掏摸《すり》は、箱根の関から東には一人もおらぬわ」

「ほう、大きく出ましたな。では、掘割にでも落ちられたか？　お歳を召されて、足《あし》下《もと》も覚束《おぼつか》ぬでしょうから」

「たわけッ」

たまらず成傑は一喝する。

（もう、師父も、そういうのいいから……話を先に進めて！）

美涼の心の叫びが届いたか。

「襲われたのだ」

一切の装飾を排除した言葉を、成傑は吐いた。

「え？」

隼人正と美涼は、思わず顔を見合わせる。

「どういうことです？」

「いや、正確には命を狙われた、と言えばよいか？」

「同じことでしょう」

とは言わず、隼人正は黙って、成傑の次の言葉を待った。さすがに、それ以上無駄口を叩いて、成傑の言葉を遮《さえぎ》るつもりはなかった。

三

すべての役を退き、隠居してからの牧野成傑は、実は存外品行方正な生活を送っていた。

屋敷にいるときは庭いじりをしたり書を読んだり、たまに出かけるといっても、それこそ釣りをするくらいである。

地方官を歴任していた時代に蓄えたもので細々と暮らしていけるものの、吉原通いなど、とんでもなかった。

息子の成親《なりちか》は、達筆を買われて十年来奥右筆《ゆうひつ》組頭を務めているが、命の危険もなく無事に過ごせる代わり、定められた俸禄以外の美味《おい》しい実入りなどはない。

そもそも武士とは、自らなにも生み出さず、ただ消費してゆくだけの人種だ。

家が大きければ大きいほど消費する額も多く、実入りのよい役に就いて蓄財に励まねば、畢竟《ひっきょう》家計は破綻《はたん》する。

城勤めなど、肩が凝るばかりで、全くなんの実入りもないことを知っていた成傑は、若い頃から、進んで地方官の職に志願し、それほどあくどくならぬ程度に蓄財してきた。それが、自分のような道楽者を養子にしてくれた義父への恩返しであり、どんなことがあっても、牧野の家を傾かせることだけはしてはならない、と思っていた。

達筆だけが取り柄の成親には、それほど厳しく剣を教えなかった。

教えて、もし才があればいい気になり、自ら求めて死地に赴くようになる。命のやりとりの場で最後まで生き残れるかどうかは、本人の腕とか技というより、ひとえに運だ。とりわけ、紙一重のやりとりの中では、運だけがすべてを凌駕する。

そしてその運は、既に成傑が使い尽くしつつある。最早運頼みを望めぬ我が子らを、死地に赴かせるのは忍びない。

成親は、このまま城勤めで一生を終えてくれれば有り難い。そして、その子らも。無茶な浪費さえしなければ、牧野家は安泰だ。

(大抵の面白いことはやり尽くした。あとは無事に余生を過ごせるだけでよい)

と、成傑は常々己に言い聞かせている。

それでもたまには昔馴染みの顔を見たくなることがあり、ろくに供も連れずフラリと出かけて行く。

深川で置屋の女将をしているお志摩《しま》という女も、そんな古い馴染みの一人である。

かつてお志摩が、染吉《そめきち》という名でお座敷に出ていた頃、懇《ねんご》ろになった。

当時の染吉は深川一の売れっ妓で、世話をしたいと望む旦那衆は少なくなかったが、どういうわけか、成傑には本気で惚れてくれた。情が深くて気立てがよくて、本当に好い女だった。浮き名を流してきた数多くの女たちの中でも、別格といってよい。

だから、男と女でなくなったいまでも、時折、無性に会いたくなることがある。

「あら、お殿様、いらっしゃいまし」

いやな顔一つせず迎えてくれるお志摩も、そろそろ五十に手が届こうという年頃のはずだが、少しも老けた感じはない。

「お近くにご用でも？」

といつも変わらぬ笑顔を見せてくれるその唇許《くちもと》のあたりには、若い頃と変わらぬ
――いや、若い頃以上の濃厚な色香が漂っている。思わずドキリとし、妙な気をおこさぬでもないが、そんな気持ちが今更自分の中に残っていること自体が、成傑には照れ臭い。

「いや、お前の顔を見に来たのだ。暇を持て余した隠居ジジイに、それ以外の用などあるはずがあるまい」

照れ臭い本心をひた隠してぬけぬけと言い、お志摩がつけてくれた燗酒をチビチビやりながら、一刻ほども彼女と歓談した。

若い頃の豪快な遊びにもひけをとらぬほど、充実した愉しいひとときであった。色恋の感情抜きでも、男と女が、これほど嬉しいときを共有できるとは、当時の成傑は夢にも思わなかった。

「急に訪ねてきて、迷惑ではなかったかな」

「なんですか、殿様らしくもない」

「だが、旦那がいるのだろう?」

「いたとしても、それこそ、ヨボヨボの爺さんですよ」

「間男まで爺さんで申し訳ないな」

「あははは……やめてくださいよ、殿様、ああ、お腹が痛い……」

腹を抱えてお志摩が笑い崩れるのを、この上なく幸福な気分で成傑は眺めた。

男と女であった頃ですら、自分は、こんな風に無邪気に女を笑わせてはいなかったに違いない。愛想笑いでも苦笑いでもなく、人が、無邪気に笑い声をあげるさまを見るだけで、こんなにも深い充足を得られるものなのか。

しばし話をしただけですっかり満足し、成傑はお志摩の家を辞去した。

薄暮の中、供の一人も連れぬ、たった一人の帰還となったが、いつものことなので、特に痛痒は感じなかった。

提灯は借りてこなかったが、すっかり暮れ落ちる前には、屋敷に帰り着けるはずだった。還暦を過ぎているといっても、若い頃の鍛錬のおかげで、体力は、まだそれほど落ちてはいない。

だが、その日は些か勝手が違った。

（尾行《つ》けられている？）

ということに気づいたのは、神田鍛冶町《かじちょう》一丁目の辻を抜けたあたりからである。

（一《ひい》、二《ふう》、三《みい》……五人はいるか？）

微酔《ほろよ》いの上機嫌ながらも、成傑の神経は存外研ぎ澄まされている。

尾行を確認するため、橋のたもとでふと足を止めてみると、ほぼ同時に、彼を追ってきていた足音も止んだ。

（やはり……）

間違いない。

成傑は確信すると、ほんの少し、行く先を変えた。

如何なる理由かは知らぬが、自分を狙ってきた以上、相応にもてなしてやらねば失礼だ。だが、住宅の密集したあたりでは、存分な歓迎ができない。

だから、存分に働けるだけの場所を求めて、成傑は自ら、外濠沿いの火除地へと足を向けた。自ら、誘い込んだのだ。

剣は、一刀流免許皆伝。若い頃から無頼の暮らしをよしとしてきただけに、売られた喧嘩は借金してでも買うという根性が、骨の髄まで染み入っている。

「何処の誰かは知らぬが、それほど命を捨てたいということであれば、存分にまいるがよい」

足を止め、相手に聞こえるようやや大きめの声でゆっくりと言い終えるか終えぬか、というところで、最初の一人が殺到した。そのあとを追うように、二人、三人……。

勿論、白刃を抜き連れながら。

討手は総勢五名。

(ふむ…見慣れぬ流派じゃのう)

構えを見れば、だいたいの流儀は知れる。しかし、いま目の前に迫る黒覆面の武士の使う剣には、全く見覚えがなかった。

(まあ、よいか)

思いつつ一歩踏み出し、成傑は抜き打ちに一刀、その男を斬り捨てた。

頽《たお》れた男の絶命をさり気なく確認してから、成傑は、汚れた白刃を、素早く鞘《さや》に戻した。

戯れではなく、これには深い意味がある。その瞬間、
居合い使い——

黒覆面の武士たちの面上を、驚きと侮《あなど》りの色が漲《みなぎ》ったのだ。

侮ると、途端に彼らは無防備な個人となって成傑を襲った。本来ならば、彼らはもっと統制のとれた、計算され尽くした動きがとれたはずだ。

だが、相手を居合い使いと思い込んだ瞬間、彼らは成傑の罠に落ちた。

成傑を、とにかく間髪入れずに畳み掛ければ倒せる相手と見なしてしまった。

ひどくバラバラな動きで、ろくに間合いもはからず次々と殺到する敵を、成傑は

易々と斬り捨てた。はじめは斬り捨てるつもりはなく、戦闘不能に追い込めばよい、と思っていたのに、微酔いのせいか、微妙に急所をはずすことが難しかった。

「確かに儂は居合い使いだが、だからといって、いちいち鞘に刀を戻しはせぬぞ」

やがて足下に転がった男たちの骸《むくろ》に向かって成傑は言い、抜き身の汚れを、丁寧に懐紙で拭ってから、ゆっくりとそれを鞘に納めた。

「で、結局全員斬り捨てたのでございますか?」

「気がついたら、皆、息絶えておった」

「年甲斐もなく、思慮がなさすぎますな。何故、一人くらい生かして捕らえなかったのです」

「簡単に言うがな、殺さねば、こちらがやられているぞ。そちの言うとおり、儂はもう年じゃ」

「だからといって、殺してしまうなど、愚の骨頂。……たとえば、死なない程度に、多少斬られてやれば、敵は油断いたしましょう」

「無茶を言うな。この歳で刀傷など負うてみよ。完治するのに、ひと月はかかるぞ。……痛いし、真っ平じゃ」

成傑と隼人正のやりとりを、笑いを堪えて美涼は聞いている。

（ご自分だって、全員斬っておしまいになったくせに……）

かれこれ四十年来の仲というだけあって、二人の掛け合いには、まるで長年連れ添った夫婦のような気安さと容赦のなさがある。ある一線を超えると、聞いているのが心地良くなってくる。

「確かに、全員殺してしまったのは儂の失態だ。だが、妙だと思わんか？」

これ以上は時間の無駄と思ったか、成傑はあっさり自らの非を認めた上で、隼人正に問いかける。

「もし仮に、儂が現役の奉行であれば、何者かに命を狙われるなど、別に珍しいことではない。狙われる理由も、容易に察しがつこうというものだ」

「人様の恨みなら、星の数ほど買っておりましょうからな」

「だが、儂が役を退《しりぞ》いて、既に二年だぞ。今更、なんの理由《わけ》があって、こんな隠居爺《じじい》の皺首《しわくび》を取りに来ると思う？」

「それは……」

隼人正が少し考えながら答えるよりも早く、

「文字どおり、恨みだ。復讐に他ならぬ」

成傑は断言した。

「人の恨みを買っていることにかけては、お前とて、似たようなものであろう、憲宗」

「…………」

「ときを前後して、お前と儂に、刺客が差し向けられた。これを偶然と思うか？」

「いいえ、偶然ではありますまい」

変わらぬ口調ながら、隼人正も断言した。

「とすれば、刺客の送り主は、儂とお前とを、ともに怨む者……即ち、同じ人物ということになる」

（貴方と私と、そしておそらく、美涼も……）

腹中深く思ったことはおくびにも出さず、隼人正は呑み込んだ。呑み込んだということは即ち、成傑の言う刺客の送り主に、大凡《おおよそ》見当がついているからに他ならないのだが、それについても無言をとおす。

「心当たりはないか？」

と問われても、迂闊《うかつ》に口走ったりはしない。

すると、堪えきれずに成傑が自ら口にするであろうことを、隼人正は知っているのだ。

「鳴海屋を覚えているか？」

「長崎時代の、大和守さまの宿敵でございますな」

「そちにとっても宿敵であろう」

成傑は少しく口許を弛《ゆる》ませる。

「鳴海屋の抜け荷買いの証拠を摑み、家財没収の上遠島を申しつけたのは、大和守さまでしょう」

「あの折、証拠集めに力を貸してくれたのは、他ならぬそのほうではないか」

「そうでしたかな。何分古い話なので……」

隼人正は空惚《そらとぼ》けたが、その名を聞いた途端、美涼の体は即ち凍りついている。

「その鳴海屋が、先年配流《はいる》先の壱岐島《いきのしま》から消えた」

「え？」

という驚きの声は、美涼の口からだけ発せられた。顔色も変えない隼人正とは好対照に、その顔面は見る見る血の気を失ってゆく。

「人をやって調べさせたところ、もうかれこれ三年以上も前から、鳴海屋は、島にはおらぬらしい」

「島抜け…したのでございますか？」

恐る恐る、美涼は尋ねる。島にいないという以上、わかりきっていることなのに、口走らずにいられなかった。そしてその狼狽を、隼人正がそっくり引き取る。

「なるほど、島抜けをして、そして恨み重なる大和守さまと私に復讐しようというわけですな。……それにしても、罪人の身で、江戸に潜伏するとは大胆な」

「人を雇っただけで、本人が江戸におるとは限らぬ」

「いいえ、おりますよ」

隼人正は断言した。

「折角憎い相手に復讐するのですから、すぐにその結果を知りたいはずです。もし、刺客の雇い主が鳴海屋だとすれば、奴は必ず、江戸におりますよ」

「なるほど」

成傑は深く頷く。

美涼は一言も発することができず、二人のやりとりを聞いていた。

鳴海屋徳右衛門。

平然とその男の名を聞き流せるほど、美涼にとってその記憶は遠いものではない。

(鳴海屋が、江戸に……)

もとより、ただならぬ美涼の様子には、隼人正も成傑も、ともに気づいている。

「おお、そうじゃ」

つと、成傑がとってつけたような笑顔になった。

「美涼」

「はい？」

「庭の杜若《かきつばた》が、ちょうど見頃じゃ。折角《せっかく》なので、そなた、何本か持ち帰り、活けてやるがよい」

「え？　あ、はい」

不得要領《ふとくようりょう》に美涼は頷いたが、

「おーい、誰かいないか」

成傑が庭先に控えていた下男を呼び、

「源助《げんすけ》、こちらのお嬢さまのために、杜若を切って差し上げろ」

と命じるのを聞くに及んで、漸く、成傑が、そしておそらく隼人正も、美涼を、この部屋から出したがっているということに気づいた。

「では、お言葉に甘えて。……美涼」

「はい」

　隼人正に促されるまでもなく、美涼は自ら腰をあげ、書院の縁先から庭へ降りた。源助という中年の下男の差し出す履き物に足を入れ、案内されて、履き慣れぬ板草履で砂利を踏みながら池の端へ向かう。

　その頼りない後ろ姿を、成傑と隼人正とは、しばし無言で見送った。


「どういうおつもりです。よりによって、美涼の前で鳴海屋の話をなさるとは」

　美涼の姿が完全に視界から去るのを待って、隼人正は厳しい表情で苦情を述べた。

「仕方なかろう。だいたいお前が、ここへ美涼を連れてくるのが悪い」

「美涼と一緒に見舞いに来い、と書いてきたのは一体何処の何方《どなた》です」

「ふん、儂が書かずとも、お前は連れてきたであろう。見せびらかして、儂を羨《うらや》ましがらせようと思うてな。そういう奴だ」

「羨ましいのですか？」

　鋭く問い返され、一瞬間答えを躊躇《ためら》ってから、

「羨ましい」

　ポツリと一言、成傑は応えた。

　本音であった。そのため二人のあいだには、しばし微妙な空気が流れる。やがてど

ちらからともなく苦笑を漏らし、一頻《ひとしき》り気まずさを味わったあとで、

「変わらぬのう、そちは」

揶揄《やゆ》するように、成傑が言った。

「三十年経っても、まだ忘れぬか？」

隼人正はあからさまにいやな顔をするが、成傑はかまわず、言葉を続ける。隼人正を羨ましいと思う本音を、彼へのやっかみがあっさり凌駕した。

「美涼は随分と変わったな」

「なにも変わりませんよ。いつまでも、困った跳ねっ返りです」

「いや、変わった」

成傑は強く断じた。

「以前にも増して、美しゅうなった。花なら、まさに盛りじゃな」

「…………」

「何故、妻にせぬ？」

一瞬虚を突かれて言葉を呑んだ隼人正の弱みを襲うように成傑は畳み掛ける。

「一体なにを躊躇っておる？　そちらしゅうもない」

「なにを…仰せられます」

直截《ちょくせつ》すぎる成傑の言葉に、隼人正は珍しく狼狽《うろた》えた。

「お戯《たわむ》れが過ぎますぞ」

殊更強く言い返すが、成傑には最早、そんな隼人正のことが可愛らしい男児にしか思えない。

「なにが戯れじゃ。そなたは独《ひと》り者。妻《めと》を娶るに、なんの差し障りもないぞ」

「だからと言うて、何故美涼を。あれは……娘のようなものでございます」

「だから変わらぬというのよ」

成傑はさすがに呆れ顔になったが、その顔つきと裏腹、口調は存外もの優しい。

「十年前、長崎で、そちが桔梗屋の禿《かむろ》を身請けしたい、と言い出したとき、正直儂は驚いた。何年も女に触れずにいて、遂にそういう趣味にはしったのかと思うてな」

「…………」

「だが、或いはそれも、悪くはあるまい、とも思った」

という成傑の言葉には、既に揶揄《やゆ》の色はない。

「幼い娘を引き取って理想の女に育てあげ、やがて自らの妻とするなど、蓋《け》し男の夢であろうからのう。それに、『源氏物語』の風雅は、如何にもそちの好みじゃ」

「お、お待ちください。私は別に、そんなつもりで美涼を引き取ったわけでは……」

「ならば、一体どういうつもりで引き取ったのだ？」

「ですからそれは、幼い美涼の、師の仇を討ちたい、という健気《けなげ》な気持ちにうたれたからで……」

「儂に言わせれば、そちのほうが余程健気じゃ」

という本心は辛うじて呑み込み、成傑は、かんで含めるように問いかける。

「縦《よ》しんばそうだとしても、では美涼に師の仇を討たせることができたならば、そのあとは一体どうするつもりだったのだ？」

「どうするもなにも……現に仇を討たせることはできなかったのです」

隼人正の困惑はその極に達する。

「仇を討たせてやると約束したのに、それが果たせなかった。美涼の中には、終生その悔恨が遺ることでしょう。すべて私の罪業です」

「これ、憲宗」

「私は美涼に剣を教え、書を教え、その他、生きるために必要と思われることを教えてきましたが、なにを学ぼうが、ただ一つの美涼の希望は、この先永遠にかなうことはないのです。かなわぬ以上、私になにがしてやれるというのです」

「馬鹿か、お前は。復讐だけがすべてではあるまい。他の生き方があると、何故お前が教えてやらぬ」

「私が？……私がそんなことを教えられぬ人間であることは、あなたが一番よくご存じのはずでしょう」

「…………」

ふりしぼるように悲痛な隼人正の言葉に、成傑は返すべき言葉がなかった。

「私は、未だに、美里《みさと》を殺した人間を、この手で……私のこの手で八つ裂きにしてやりたいと願っています。三十年たっても、その気持ちに変わりはないのです。たとえ、目指す仇が既にこの世にいないとしても」

「美涼にも、お前と同じ道を辿《たど》らせるのか？　不憫とは思わぬのか？」

「ですから、美涼は自分のしたいように……自由にすればよいのです」

「廓で生い育ち、その後謎の男によって養育された娘が、一体この先、なにをしたい、と望むというのだ」

「…………」

「もし本当に、美涼のしたいようにさせるというなら、何故他家へ嫁に出さぬ？」

「美涼が望みませぬ故。……望めば、嫁ぎ先など、いくらでも見つけてやりますよ」

「ほう、それは本心か？」

「もとより」

「では、儂にくれ」

「…………」

「そちが娶るつもりはない、良縁があれば嫁がせたい、というのであれば、儂にくれ。儂は先年妻を亡くしている故、独り身じゃ。正室に貰い受けたい」

「お戯れを」

「戯れではないぞ。だいたい、このままでは、美涼が憐れではないか。可惜《あたら》花の盛りを、散らすのか？」

「男に添うだけが、女子の幸せではありますまい」

「本気で言っているのか？」

「…………」

即答できなかったということは、即ち、相手の問いを肯定したに他ならなかった。

「いい加減にせよ、憲宗」

成傑はたまらず、言い募った。

「本当に、娘のようなものだと思うておるなら、さっさと嫁に出すのが道理。それができぬなら、己の女とするしかなかろう。いつまでも、ときをとめておくわけにはゆかぬのだぞ」

「美涼は……美涼とて、私のことを父親のようにしか思うておりますまい」

「正気か?」

と問い返さなかったのは、せめてもの武士の情けというものだった。それほどに、このときの隼人正は、いつになく気弱で、日頃の彼らしからぬ顔つきをしていた。

(まあ、美涼のことでこれだけ狼狽《うろた》えるようになったのだから、多少は進歩したといえるだろう)

成傑は内心呆れつつも、もうそれ以上は、同じ話題に触れるのを避けた。

隼人正が美涼を異性として見ないのは、これまでの師弟関係とか親娘ほどの年齢差とか、一般的な理由に加えて、隼人正自身の問題が大きく影響していることを、成傑は知っている。いまの美涼よりもなお若くして命を落とした許嫁《いいなずけ》の美里を、いつまで経っても、隼人正は忘れようとしない。美涼が現れる以前から、顔を合わせれば絶えずそのことを口にし、近頃ではさすがに言い飽きてしまった。

(三十年ものあいだ、一人の女を思い続けるなど、本当にできるものなのか)

成傑には到底信じられないが、こうして目の前に厳然たる証拠を突きつけられている以上、疑う余地はないのだった。

四

牧野家からの帰り、案の定押し黙ってしまった美涼を、正直隼人正はもてあました。

（まあ、無理もないのだが……）

隼人正には美涼の気持ちがわかりすぎるだけに、そのやり切れなさまでもが己のもののように感じられてしまう。

（だから、鳴海屋の話など聞かせねばよかったのだ）

成傑の配慮のなさが、今更《いまいま》ながらに忌々しい。

（だいたい、ひとの顔を見れば、嫁をもらえ、妻を娶れ、と口喧《やかま》しく……いつまでも兄貴面をしおって……）

隼人正にとっては、そのことが更に忌々しいのだが。

十年前、奉行以上の力を持ち、長崎を牛耳《ぎゅうじ》っている、と言っても過言ではなかった長崎商人の鳴海屋徳右衛門は、長崎奉行・牧野成傑にとって、まさしく宿敵だった。

鳴海屋は邪魔な成傑の暗殺を画策し、成傑は鳴海屋の不正の証拠を摑むために躍起になった。隼人正も裏で力を貸したが、両者の闘いはその後一年あまりにも及んだ。

美涼に剣を教えはじめてからもちょうど一年ほどが経った頃、彼女の老師の敵《かたき》である、石和源太夫が長崎に舞い戻っているとの噂を、旅先で聞いた。

成傑のことも気になったので、隼人正は美涼を連れ、一旦長崎に戻った。そして戻ったところで、美涼の目指す敵である石和源太夫が既にこの世にいないことを知った。

隼人正らが長崎に着く前夜、丸山の近くで派手な斬り合いがあり、浪人が数人斬られるという事件があったが、石和源太夫は、その斬られた浪人の一人であった、という。

「嘘です！」

目にも痛々しいほどに美涼は取り乱した。

「あの悪賢い男が、こんなに簡単に殺されるわけがありません。なにかの間違いです！」

その後の調べで、石和源太夫はつい最近まで鳴海屋の用心棒をしており、口封じのために殺されたらしい、ということがわかった。

「鳴海屋が……」

美涼は茫然とそれを聞いた。

鳴海屋が、抜け荷買いなどの不正を働き、奉行の命を密かに狙う悪党であることは知っている。あの大悪党ならば、如何にもあり得ることだと思った。

だが、思ったからといって、即ち納得できたわけではない。目指す敵を——人生の大いなる目的を奪われてしまった美涼には、最早絶望しかなかった。

「そなたの、老師の敵を殺した男は、じきにその罪を問われ、打ち首獄門になるだろう。自らの手で敵を討つことはできなんだが、敵を殺した男を追い込んだということで、よしとせぬか？」

「鳴海屋は、本当に打ち首獄門になりますか？」

美涼が問い返すと、隼人正は力強く頷いてくれた。

だが、実際には、鳴海屋は死罪にはならなかった。抜け荷の罪は立証できたが、数限りなく行ってきたであろう殺しの罪は一つとして立証できず、結局遠島になった。

「これまで贅沢三昧をしてきた男が、過酷な島暮らしに堪えられるはずもない。苦しんだ末に、やがて死ぬるであろう」

気休めにすぎない隼人正の言葉を、そのとき美涼は素直に聞いた。気休めでいい、もう充分だと思った。

いきなり現れ、老師の敵が討ちたいから剣を教えてほしい、と言う美涼に対して、隼人正は常に誠実だった。

なんの見返りも要求せずにその願いを聞いてくれた上、本当に剣を教えてくれた。そして、剣以外のことも。

恩を感じこそすれ、怨む筋合いはない。そんな大恩あるひとの言葉を、気休めだと聞き流したくも、疑いたくもなかった。

「されど、目指す敵もなく、これから私は、どうしたらよいのでしょう」

「まだ……すべてを教えてはおらぬ」

「え？」

美涼は我が耳を疑いながらも、やがてその至福の瞬間を味わうことになる。

「老師の敵を討つために私から剣を学びたい、とそなたは言うたが、剣を学ぶ目的は、本当に仇討《あだう》ちのためだけか？　剣そのものを、学びたいわけではないのか？」

「…………」

「かつて少林寺拳を学んだのは、将来廓から足抜けするためだと言ったな。拳法を身に着け、強くなって、父の国で生きるためだ、と。だが、その志は中途でついえた。では、もう、強くならずともよいのか？」

「いいえ」

美涼は夢中で首を振った。

「強くなりたいです！」

「では、私から剣を学ぶか？」

「はいっ。教えてくださいッ」

「私から剣を学びたいと望むなら、このままそばにおればよい。教えてやる」

「師父さまッ」

思わず隼人正の胸に縋って泣いた。

隼人正の胸も双の腕《かいな》も、咄嗟にそれを受け止め、包み込んでくれた。

美涼にとってこの上ない至福の瞬間だった。隼人正の胸で泣くのはこれが二度目だったが、一度目のときと違い、隼人正はその両腕で、しっかりと美涼を抱きしめてくれた。息もできないくらい、強く。……だが、

（このひとの、そばにいたい）

という、美涼の一途な思慕の涙を、父母を慕うが故の幼子の涙だと、隼人正は誤解した。或いは無理にもそう思い込もうとしたのかもしれない。

このときの美涼は、既に、父母を慕う幼子ではなかったし、隼人正の中に、まだ見ぬ父を求めてのことでもなかったのに。

成熟した女の心なら容易く理解できる隼人正が、少女から女になりかけの美涼の心

を、そのとき隼人正は微塵も知ることができなかった。できぬままに、ただ歳月だけが流れた。

千代田のお城から離れ、両国橋を渡り、住み馴れた本所界隈まで戻ってくると、美涼の気持ちもだいぶ落ち着いてきた。

見慣れた町並みに、既に陽は暮れ落ちんとしている。

（よかった）

隼人正は安堵した。

そろそろ、急を告げねばならぬと思っていたとき、

「師父さま」

美涼がふと顔をあげ、隼人正を顧みたのだ。やっと、気づいてくれたらしい。

「どうやら、お前の危惧したとおりになったようだ」

隼人正の口調は日頃と少しも変わらなかった。

「先日の奴らがせいぜい目録級とすれば、今日のは全員免許皆伝の師範代級だ。それも、十人——」

「どういたしましょう」

美涼の全身に緊張感が戻り、迫りくる殺気に気づきはしたが、如何せん、刀を帯びていない。

刀を帯びていない上、このように身動きし辛《づら》い装束でいることが、これほど心細いものだということを、美涼ははじめて知った。

「これを使え」

隼人正が、自らの脇差し「堀川国弘《ほりかわくにひろ》」を鞘ぐるみ抜いて、震える美涼の手に持たせた。

「あ……」

その途端、震えが止まった。

隼人正が常にその腰に帯び、その手に触れている得物。そう思うだけで、身のうちから、不思議な力が湧いてくる気がした。

「斬り合ってはならぬぞ。突くのだ。ひたすら、急所を突け」

「急所を突けば、死にますが？」

「殺せ」

と言う隼人正の顔を、信じられぬ思いで、美涼は見返した。薄墨を流したような暗がりの中、この世で最も信頼する人の顔が、まるで見知らぬ男のものに変わっていった。

いや、本当は誰よりもよく知っているし、だからこそ、いま一番見ていたい男の顔だったのだが。

「殺さねば、こちらが殺される。できれば、一撃で殺せ。できるな？」

「はい」

震えを堪えて、美涼は頷いた。

かつて美涼が人を殺すことを嫌い、殺さずにすむ技を繰り返し教えたひとが、いまはたった一言、「殺せ」と言う。そのことの重大さを、今更ながらに、美涼は痛感した。

それほどの危機が、いま二人の身近に迫っているのだ。

美涼は、隼人正から手渡された脇差しを利き手に、牧野家からもらってきた杜若の花束を逆手に持ちかえた。

残念だが、花はまもなく、投げ捨てることになるだろう。

（裾が……。帯が苦しくて動けないかも……いや、草履も邪魔だ。いっそ、裸足になってしまおうか）

数々の懸念が、飛び来る矢の如く美涼を襲った。

足音は殆ど聞こえず、ただならぬ殺気だけがじわじわと迫ってくる。これほど恐ろしい思いをするのは、多分生まれてはじめてのことだろう。自らの震えをなんとか止めたくて大きく身動《みじろ》ぎしたとき、奇しくも隼人正の背に触れた。

「大丈夫だ」

「はい」

隼人正の体に触れたその束の間、美涼の震えが漸くおさまった。

第六章　いまひとたびの

一

仄明《ほの》かりの中に、不思議な光景が浮かんでいた。

血のように赤い絹の褥《しとね》に、生白い女の裸形が横たわり、その周囲を、下卑《げび》た顔つきの男たちが三人、取り巻いている。手に手に鳥の羽根やら筆やらを持ち、女の体に、さまざまな悪戯《いたずら》を施している。

羽根の先、筆先で、白い膚《はだ》をなぞり、露《あら》わな両腕の腋《わき》、乳房、臍《へそ》のあたりを執拗に責める。

「あっ……あぁ」

女は既に息も絶え絶えながら、時折切なげな声を漏らす。

一刻あまりも、さまざまな方法で玩弄《もてあそば》れ続けている。

女の魂は、最早現世《うつしょ》にとどまっていないのかもしれない。体を絶えず震えさせていながら、いつまでも絶頂を得られぬもどかしさで、どうにかなってしまっている。

女は、十七になったばかりで、親の借金のかたに連れてこられた。昨日までは確かに生娘だった。

だが、たとえ生娘でも、体のあちこちを念入りに悪戯されていれば、妙な具合になってくる。触れられる快感に目覚め、もっと強く触れられ、弄《いじ》られることを期待する。

お千代《ちよ》という名のその娘も、まさしくそのとおりになった。

体を開かれ、男に貫かれた瞬間、短く呻いて苦痛を訴えたのもほんの束の間。すぐに悦びを訴え、男の体に縋りはじめた。覇気の漲《みなぎ》る男の肉棍《にくこん》に貫かれ、ものの寸秒で絶頂に達してしまった。

そのはじめての激しい快感が、忘れられない。だからお千代は、

「あぁ、後生《ごしょう》ですから……」

肌の敏感な部分を刺激するばかりで、一向に肉の悦びを与えてくれない男たちに、気も狂わんばかりに訴える。

「お願いです」

「まだだよ、お千代ちゃん」

「もっともっと、好い気持ちになってからだよ」

男たちは、下卑た笑いで満面を染めていた。それぞれ、家に帰れば立派な大店の主人だが、ここでは薄汚い欲望を剝《む》き出しにした獣《けだもの》にすぎない。

その痴態を、少し離れた部屋の隅《すみ》から冷ややかに見据えながら、奈良屋義兵衛《ならやぎへえ》は自らの胸に沸き立つ欲望に、唇の端を歪《ゆが》めていた。

彼の胸裡には、一人の美しい娘の面影がある。

(何《いず》れ、あの娘を……)

あの褥に寝かせ、思う存分いたぶってやりたい。

取り澄ました顔を苦痛に歪ませ、歓喜に噎《むせ》ばせ、身も世もないほど喘がせてやれたなら……

自らの妄想に興奮し、奈良屋はその歓びにうち震える。

勝ち気で小賢《こざか》しい娘ほど、裸に剝いて嬲《いたぶ》り尽くすときの楽しみは深い。

眼前に展開する痴態と、己の頭の中の想像が重なり、膨らみすぎた欲望がいまにも弾けそうになったとき——。

背後の障子が小さく開いて、密かに座敷内に入ってきた者がある。お店者《たな》らしきっちりした身なりの若者だが、目つきばかりが妙に鋭い。

「旦那様」

奈良屋の傍《かたわ》らへ近づくと、その耳許へ、なにやら数言、低く呟く。すると、

「なに？」

奈良屋のふくよかな顔つきが、つと一変した。

「そうか、失敗したか……」

そのとき、一瞬残忍な光を宿した両眼は、だが次の瞬間には再び冷めた笑いを滲ませている。

「フッ、免許皆伝とはいえ、田舎道場の師範代程度では、矢張《やは》り荷が重すぎたようだな」

主人にそのことを告げに来た男には、日頃見慣れたはずの顔が心底不気味に思えたことだろう。

「まあ、よい。……楽しみは、先へ延ばすに限る」

若い男はその毒気にあてられたか、しばし言葉を失っていたが、ふと思い出して、また数語、主人の耳許へ囁《ささや》いた。

「そうか。明日には船が江戸に着くか。……奴が来れば、今度こそは」

奈良屋の欲望に弛んだ頬は、なおも醜く笑み崩れる。到底笑顔には見えない。それどころか、人の世に生きるものにさえ見えなかった。

「それで、奈良屋義兵衛とは、如何なる人物だ？」

例によって隼人正は淡々と問い返すが、激しく息を切らした竜次郎はすぐには答えられない。

漸く目指す相手を突き止め、どこからかは知らぬが全力で走ってきたのだ。

「御前！」

裏口から飛び込んできて、いきなり隼人正の居室の外から大声で喚《わめ》いた。

「これ、竜次郎、無礼であろう」

庭の掃き掃除をしていた甚助がすぐさま飛んできて咎《とが》めたが、もとより竜次郎はお構いなしだった。

「御前の……おっしゃるとおり、竹次の野郎の後ろには、黒幕が……いましたぜ」

縁先に片膝を乗り上げながら、竜次郎は切れ切れに言い、甚助が慌ててその肩に手をかけた。

隼人正の部屋の障子がカラリと開き、騒ぎを聞きつけた美涼も飛び出してくる。

「何処の誰だ？」

と真っ先に問い返したのは、美涼である。

「な、奈良屋義兵衛……十組問屋《とくみどいや》の……河岸組《かしぐみ》の中じゃ、筆頭格の大店です」

「では、奈良屋義兵衛とは、如何なる人物だ？」

という隼人正の問いは、言いたいことを言って、やっと呼吸を整えようとした竜次郎の頭上に降りかけられたものだった。

縁先に両手をついた竜次郎は、苦しげな顔でふり仰ぐ。

隼人正は更に問う。

「十組問屋の筆頭格というが、あまり聞かぬ名だ。河岸組ということは、そのほうの実家と同じ生業《なりわい》か？」

「油の他にも、紙や蠟燭《ろうそく》なんかも手広く商ってるみてえですが、まあ同業です」

と一旦言葉を止め、大きく息を吸ってから、

「なんでも、数年前に上方《かみがた》から入ってきたそうで、江戸じゃあ、まだそんなに名を知られちゃいねえんですが、身代の潰れた家の株を手に入れたりして、相当羽振りはいいみてえです」

竜次郎は、今度は言いたいことを最後まで言いきった。

「上方から、か」

隼人正は首を傾げる。

「しかし、いくら羽振りがよいからといって、閉鎖的な問屋仲間が、よく余所者を受け入れたな」

「それが、この不景気に、幕府に献上する運上金を、一手に引き受けたらしいんですよ。目の前に金を積まれちゃあ、誰も文句は言えませんや」

「なるほどな」

隼人正が難しい顔をして考え込むのを、美涼は黙って見つめている。見つめつつ、

(やっぱり師父さまはすごい)

内心舌を巻いている。

(あれほどの敵を瞬時に倒しておいて……)

昨夜のことなど、彼の胸には蚊に刺されたほどの痕《あと》もとどめてはいないのだろう。

全く何事もなかったかのように、毛筋ほどの乱れも見せない男に全幅の信頼をおきながら、だが一方で、この世で最も信用できない存在だとも思っている。

「奈良屋の目的は山城屋の身代に間違いないが、問題は、その手段だ」

「手段、ですか？」

「後妻を誑し込んで不義をはたらかせ、店の評判を落とせば、やがて身代は傾くだろうが、少々ときがかかる。もっと手っ取り早く仕事を終えるには、間男に狂った後妻を唆《そそのか》し、主人を殺させればよい」

「御前！」

あまりにも情け容赦のない隼人正の言葉に、竜次郎はたまらず、悲鳴にも似た声を放つ。

「そんなこと、絶対にさせませんや！」

「お前になにができる？　病の父を見舞わず、後妻と手代が不義密通していると知りながら、店に乗り込んで行こうともせぬお前に、一体なにができるというのだ？」

「そ、それは……」

「だいたい、お前は、あの家とは最早なんの関わりもないのであろう？　なにを今更、狼狽《うろた》えておる？　いざ赤の他人に乗っ取られるとなると、身代が惜しくなったのか？」

「親父が殺されるかもしれねぇってのに、指銜《くわ》えて見てるわけにゃあ、いかねぇでしょうッ」

遂に業を煮やして竜次郎は叫び、

「だそうだ、美涼」

隼人正はニコリともせずに美涼を顧《かえり》みた。

「聞こえております」

美涼も又、ニコリともせずそれに応じる。

うかうかと隼人正の策にのった形の竜次郎は気まずげに押し黙るしかない。

「…………」

「どこへ行く、竜次郎？」

無言のまま、ふらりと立ち上がり、踵《きびす》を返した竜次郎に、美涼はすかさず声をかけた。

「とりあえず、竹次の野郎を締め上げて、奈良屋からどういう指図を受けてるのか聞き出します」

「聞き出して、どうする？」

「親父を殺そうとしてるなら、放っておけないでしょう。奈良屋に乗り込んで、主人と差し違えてでも止めますよ」

「待て、私も行こう」

と美涼が素早く立ち上がったのは、もとより、隼人正に目顔で促されたあとのことである。

「え？」

少なからず驚いた顔で竜次郎は足を止めた。

「お前のことだ。やりすぎて、竹次を殺してしまわぬとも限らぬ」

「殺しゃしませんよ」

竜次郎はあからさまにいやな顔をしたが、美涼はかまわず、彼に付き添った。

平静を装い、わざと無表情にしているが、その足どりがどこか楽しげなのは、見送る隼人正の目にはお見通しだった。

(困った奴だ)

と思いながらも、その気持ちがわからぬでもない。いやなことがあったあとは憂さ晴らしをしたいと思うのが人情だ。

(憂さ晴らしに使われる相手も気の毒だがな)

隼人正は我一人苦笑《にがわら》いすると、自らもゆっくりと腰を上げた。

「出かける」

傍《かたわ》らで呆気にとられている甚助に一言告げた。

二

「殺せ」

と隼人正に言われたそのとき、美涼は無意識に身を震わせた。

正直、怖かった。これまで、どんな乱刃の中にあっても、不思議と恐怖を感じたことはなかった。それは、これまで隼人正から伝授された技への自信でもあり、隼人正そのひとへの信頼でもあった。

それだけに、はじめから殺す目的で剣を使うことは本当に怖かった。だが、怖いからといって、敵は待ってくれない。

気合い一閃。

美涼は抜き放った脇差しを鋭く繰り出した。たとえば屋内のように狭い場所で使用することの多い脇差しは、大刀に比べるとかなり丈が短く、間合いに深く踏み込まねば、確実に相手を葬ることはできない。

美涼は自ら踏み込んだ。自ら間合いに踏み込んではならぬ、というのが隼人正の教えなのに。

ずッ……

相手の切っ尖を間際でかわしつつ、両腕を、思い切り伸ばす――。

切っ尖が相手の体に呑まれる瞬間のあの独特の感覚は、美涼の気持ちを容易く打ちのめした。

すぐ次の敵に向かわねばならないところ、

「ぐはぁッ」

断末魔の呻き声がいつまでも耳に残り、少々もたついた。

（師父の脇差しだからだ）

自らのもたつきの理由を、美涼は、着慣れぬ女装束と、隼人正の差料《さしりょう》のせいにした。

隼人正の持ち物だと思うとそれだけで緊張し、息苦しくなり、体が思うように動かない。多勢に無勢の戦いに於いては、ほんの一瞬の出遅れが命取りになる。

（せめて、三人は私が……）

と思うのに、最初の敵を葬ってから、両手で脇差しを構え直すまで、しばしのときがかかった。幸い、次の敵が美涼の前に立つまで、少しの間があった。

いや、実際には、次の敵は来なかった。

美涼が一人を刺殺するあいだに、すべてが終わっていたのである。

隼人正の切っ尖が二～三度閃くあいだに、彼を取り囲んだ刺客たちの大半が絶命した。辛うじて息をしている者でも、最早改めて立ち向かう気力はないようで、斬られたあたりを庇いながら一様に顔を伏せている。

(免許皆伝十人を、一人で片付けた？)

感嘆するとともに、美涼は甚だ呆れていた。

本多隼人正という男の正体は、全体どれほどの化け物なのだろう。所詮自分の知っている隼人正など、真実の彼の、ほんの一部にすぎないのかもしれない。

この十年の修行で、自分では相当強くなったつもりでいたが、本当はそうでもないのではないか。自分の教わったものなど、所詮隼人正にとっては爪の先ほどのものに過ぎないのではないか。

そして、本気の隼人正とは、一体どれほど凄いのだろう。

「怪我はないか？」

ろくに呼吸も乱していないいつもの彼から、いつもの口調で労《いたわ》りの言葉をかけられたとき、美涼はこの上なく惨《みじ》めな気分に陥った。

なんの役にもたてない——。

これほど情けない、惨めなことはなかった。

(私は、師父の役にはたてない)

そんな自分が、師父のそばにいることすら間違いなのではなかろうか。

――がだッ、
不意の物音で、美涼はつと我に返った。

竜次郎に殴られた竹次が、壁に凭《もた》れて立ち尽くした美涼の足下に転がってきた。

「てめえ、吐かねぇと、ぶっ殺すぞ」

陽気な脅し文句とともに、先ず竜次郎が二、三発ぶん殴る。優男《やさおとこ》の竹次は、もうそれだけで息も絶え絶え、

「か、勘弁してくださいよ、坊っちゃん」

懸命に赦《ゆる》しを請う。そのたびに、腐りかけの床がギシギシと低く軋んだ。

処は、既に廃《すた》れた小さな神社の社殿の中。使いを頼まれたらしい竹次を人気《ひとけ》のないあたりで拉致し、ここまで引っ張ってくる手際はなかなかのものだった。さすがは、遠島になる前までいっぱしのワルだっただけのことはあり、こうした荒仕事をするための場所には、事欠かないらしい。

「勘弁してください。あたしは…なにも知らないんですよ」

だが言葉と裏腹、竹次の目に不遜な色がありありと浮かんでいるのを、美涼は決して見逃さなかった。

単純な暴力では落ちそうにないと美涼は判断した。

「もうよい、竜次郎」

だから、矢鱈《やたら》と声を荒げて凄む竜次郎をピシャリと制して、美涼は脇差しの小柄を抜いた。竜次郎を押し退《の》けて竹次の前に立つ。

「死んでも話さぬと言うのだから、望みどおり、死なせてやろう」

小柄の尖《さき》で竹次の喉元を触れ、そこからゆっくりと首の付け根あたりをなぞりながら、耳の後ろまで小柄を移動する。

「このあたりを刺せば忽ち大量の血が噴き出す。人というものは、体内の半分以上の血が噴き出すと、死んでしまうそうだ。試してみようか？」

小柄の尖を強く耳の付け根あたりに押し当ててやると、竹次の体の震えが、グッと美涼の腕に伝わる。

「ひぃッ」

竹次は大きく身動《みじろ》ぎすると、

「お助けくださいましーッ」

身も世もなく泣き喚いた。

その声音に、最早白々しい感じはない。

「どうか、お助けください……」

「助けてほしければ、聞かれたことに素直に答えるのだな」

「は、はい。奈良屋の旦那には、賭場で……賭場で借金を作ったときに世話になったんです。……負け分払えなくて、半殺しにされかけたとき、助けてくれて、か、金も払ってくれたんです」

竹次は真っ青になり、聞かれもしないことまで自ら喋りはじめる。隼人正がよく使う脅しの手を真似てみたが、効果は覿面《てきめん》だった。

「それで、奴の言いなりに、お夏を誑し込みやがったのか」

「女将さんと密通すれば、そ、そのうち、山城屋の身代《しんだい》をやるから、って……」

「なんだとぉ！」

竹次の襟髪を摑んだ竜次郎の腕に力がこもる。

「な、奈良屋の旦那がおっしゃったんですよ。私が望んだわけじゃありません」

「なに言ってやがんでぇ、てめえ、承知の上でお夏を誑し込んだんじゃねぇか」

言いざま竜次郎は、また一発、強《したた》か竹次の頬を殴りつけた。

「この野郎ッ」

更に続けて殴ろうとするその手を、だが後ろから美涼が止めた。

「やりすぎだ」

「いいんですよ。こんな奴ァ、二度と悪さのできねぇように、徹底的に痛めつけたほうがいいんです。……だいたい、そういうことがねぇようにって住み込みにさせてるってのに、よりによって賭場へなんぞ出入りしやがって、借金なんぞ作りやがるから……」

美涼が笑いを堪えていることに、竜次郎は漸《ようや》く気がついた。

「な、なんですよ、こんなときに……」

「いや、お前の言うとおりだと思ってな」

「…………」

美涼がなにを面白がっているのかわかると、竜次郎はさすがに悄然《しょうぜん》と項垂《うなだ》れた。

「どうせおいらは島帰りの前科者ですからね。人様に説教できた身分じゃありませんや」

「いや、すまぬ、竜次郎」

美涼はすぐに詫びたが、なかなか笑いは堪えられなかったので、竜次郎の機嫌は、すぐにはおさまらない。

三

「どうした、お夏、顔色が悪いぞ」

外出から戻った旨を告げに来た妻の顔を、床の中から見上げ、山城屋竜蔵は心配そうに声をかけた。

「どこか具合が悪いんじゃないのかい？」

「え？　そんなことありませんけど……」

曖昧な笑みを浮かべたお夏の顔は目に見えて青ざめているのに、

「部屋の中は暗いから、そう見えるだけですよ。今日はお天気がいいから、少し障子をあけましょうね」

本人は懸命に否定した。

明らかに竜蔵の視線を避ける目的で庭に面した障子を開ける。

「ほら、お前さん、躑躅《つつじ》が満開ですよ。きれいですね」

「ああ、本当だ」

　素直に喜ぶ竜蔵の注意が自分から離れるのを待って、お夏は彼を顧《かえり》みた。

「ご気分がよさそうですね。なにか召し上がりますか」

「そうだな。粥《かゆ》でも少しもらおうか」

「いますぐ、用意しますね」

「ああ、急がなくていいよ」

障子を開けたまま、お夏は厨《くりや》のほうへと去った。

竜蔵はその後ろ姿を黙って見送る。

この家に嫁いできたときにはまだ二十代の若さだったお夏も、もうじき四十に手が届こうという齢だ。亡くなった妻を心から愛していた竜蔵は、まわりからなんと言われようと後添いをもらう気はさらさらなかった。

だが、同業者や古い馴染みからあまりに熱心に勧められ、遂に折れてお夏を迎えた。

「若い内儀《かみ》さんもらって、お前さんも若返ったんじゃないのかい」

皆からは羨ましがられたが、竜蔵自身は、そのことを、必ずしも歓んではいなかった。亡き妻への哀惜から、新しい妻にはなかなか心を開くことができず、つい素っ気ない態度をとってしまったこともある。

だが、お夏はそんな竜蔵によく仕え、亥三郎を産み、家のことも店のことも、本当によくやってくれている。

そんなお夏を、いつしか竜蔵は愛《いと》おしく思いはじめた。彼女を後添いにもらって、本当によかった、と思った。そのせいで、竜次郎はグレて、とうとう前科者になってしまったが、それについては自分の配慮が足りなかったのであって、断じてお夏のせいではないと信じている。

竜蔵が病に倒れてからは、お夏は彼に代わって店を切り盛りしてくれているが、この難しいご時世に、女の細腕には荷が重すぎるのだろう。商売は、必ずしもうまくいっているとは言い難い。

（こんなとき、せめて竜次郎がいてくれたら）

お夏の前では決して口に出せない言葉が、打ち消しても打ち消しても、胸を過《よ》ぎる。

（すまない、お絹《きぬ》……お前の子を、人殺しのろくでなしにしちまった。なにもかも、俺のせいなんだ。赦《ゆる》してくれ、お絹）

そして何度も、心で亡妻に詫びていた。

鍋の中の粥がふつふつと煮えはじめるのを、お夏は息を詰め、じっと見つめていた。

「おかみさん、あたしがやります」

と言う下働きの小女に、用事を言い付けて厨《くりや》から追い払った。

煮え立つ粥に、少し多めに塩を入れたのは、味をわからなくするために他ならない。

やがて懐から、白い小さな紙包みを取り出した。包みを開き、中の粉薬を見つめて、お夏はしばし躊躇《ためら》った。

恐る恐る、それを鍋の中に入れようとする手は、さすがに震える。

それでも、結局お夏は、その白い粉末を鍋に入れ、粥の中に混ぜ込んだ。

「おい、いま入れたのは、いってぇなんなんだ？」

不意に背後から問われてお夏は戦《おのの》き、振り返ってそこに竜次郎の姿を見出し、

「ぎゃッ……」

あやうく悲鳴をあげそうになった。咄嗟に両手で口を押さえたのは、さすがの好判断である。そうしなければ、お夏の悲鳴を聞きつけ、使用人たちが駆けつけてきてしまったであろう。

だが、同じ家の中で竹次と通じるとき、或いはそんなふうに声の漏れるのを抑えているのかと思うと、竜次郎の顔つきは一層険しいものとなる。

「りゅ、竜さん……、お、お前、なんだってこんなところに」

「この家の息子が、てめえんちの台所にいて悪いかよ。それより、いま粥ン中に入れたのはなんだ、って聞いてんだよ」

「…………」

「毒を盛りやがったのかよ？」

「ち、違うよ！　毒なんか、入れるわけないじゃないか」

いまにも悲鳴に変わりそうな震え声が、なにより如実に竜次郎の言葉を肯定していたが、お夏は必死に言い逃れようとした。

「こ、これは人参《にんじん》の粉だよ。お前は知らないだろうけど、おとっつぁんはこのところ、患《わずら》っていなさるんだよ。だ、だから、精をつけてもらおうと思ってね」

「だったら、てめえがひと口食ってみな」

「…………」

「食えねぇだろうがッ」

言いざま竜次郎は、粥の入った小鍋を、力任せに土間へ叩きつけた。

ガシャッ、

と砕けた鍋からはドロリと粥が流れ出し、

「あぁ～ッ」

ふり絞るような泣き声とともに、お夏は自ら、その場に膝をついた。

「仕方なかったんだよ、亥三郎が……亥三郎が……」

「亥三郎が？　亥三郎がどうしたんだよ？」

「亥三郎が、拐《かどわ》かされたんですよ」

「なんだって？　いってぇ誰に？」

「亥三郎を無事に返してほしければ、旦那さまにこれを飲ませろって……言うことを聞かなきゃ、亥三郎を殺すって……」

「奈良屋か？　奈良屋の主人に脅されたのかよ？」

「………」

お夏は涙の滲む目で竜次郎を見返した。どうしてそれを知っているんだと言いたげな目だったが、竜次郎はその無言の問いを黙殺した。

「急がねばならぬ」

厨口から美涼に呼びかけられずとも、もとより竜次郎も承知している。

「で、亥三郎がいってぇ何処に連れてかれたのか、わかってるのかよ？」

お夏は激しく頭《かぶり》を振り、

「わ、わからないよ。……さっき、いきなり上野の料理茶屋に呼び出されて、奈良屋の旦那から、薬を渡されたんだよ」

「奈良屋の主人と会ったのは、今日がはじめてか？」

と問うたのは美涼であったが、お夏には最早、この初対面の謎の人物を訝《いぶか》しむ余裕はなく、

「はい、はじめてです」

と素直に頷いた。

「わかった。では、亥三郎のことは我々に任せておくがよい。必ず助け出す故、騒ぎ立ててはならぬ」

と美涼は力強く請け負い、竜次郎を目顔で促して踵《きびす》を返した。

「お、おう、俺たちに任せとけば間違いねぇからよ。間違っても、親父の耳に入れるんじゃねぇぜ。……いいな？　親父に毒なんぞ盛りやがったら、てめえも亥三郎も、ただじゃおかねぇからなッ」

言い置いて、すぐ美涼のあとに続こうとした竜次郎は、だがふと足を止め、

「あ、竹次の野郎は、金輪際ここには戻って来ねぇから、てめえから、適当に親父に言い繕《つくろ》っとけよ」

口の端を少し歪めて言った。

お夏は再び悲鳴をあげそうになった。竹次との仲を、竜次郎に知られていることは間違いない。

それ故の、竜次郎の不気味な薄笑いなのだ。

「親父には言わねぇから、心配すんな。体が弱ってるときに、一番聞きたくねぇことだろ。親父は、心底てめぇに惚れてやがるからな」

だが竜次郎は、怯《おび》えたお夏の耳にどう届いたかはわからぬが、存外優しい声音で言い、そのまま美涼のあとを追った。

勝手口を出たところで待っていた美涼は、

「知らなかったな」

少しく微笑みながら言った。

「意外に、父親思いではないか」

「やめてくださいよ」

竜次郎は本気で困惑した。

美涼の表情にも言葉つきにも、揶揄《やゆ》する気色《けしき》は微塵もなく、それ故竜次郎は、困惑する以外、どう反応していいか、わからなかったのだ。

「亥三郎が連れ込まれた先は、向島の奈良屋の寮（別荘）とみて間違いない」

　隼人正は断言した。

「何故わかります？」

「まさか、正業の表店《おもてだな》に、連れ込むわけがあるまい。江戸には、他にもいくつか、奈良屋の隠れ家はあるのかもしれないが、悪事を行うのは、間違いなく、家のすぐ裏を大川が流れる、この向島の寮だ。万が一、町方に踏み込まれるようなことがあったとしても、舟で逃れることができるからな」

「なるほどねぇ、さすがは御前だ」

　非の打ち所のない隼人正の理屈に、竜次郎は容易く舌を巻いたが、

「よくお調べになりましたね」

　という言葉を喉元で呑み込んだ美涼の心中は些か複雑だった。

　隼人正が、隠居したいまでもかつての部下であった小人目付たちに探索を命じていることは知っている。

　だが、幕府の組織の外にありながら、組織の者を自在に使うことのできる隼人正の立場が如何なるものなのかを、美涼は知らない。知らないということは、即ち美涼を不安にさせる。だが、いまはそれを、くどくどと思い悩んでいるときではない。美涼

は懸命に己に言い聞かせ、敵に立ち向かうべく、心を定めている。

「奈良屋の寮へは、私と美涼で出向こう。竜次郎は山城屋で待機するがよい」

「え？　どうしてです！　おいらも行きますよ。亥三郎はおいらの弟なんですぜ」

「思い詰めた山城屋の後妻がなにをしでかすか、案じられる。お前が見張るのだ、竜次郎」

「そんな、殺生な……」

いまにも泣きそうに情けない顔になりながら、竜次郎は言い縋った。

「お夏にはよく言い聞かせてきましたから、早まった真似はしませんや。……おいらが行かなくて、どうするんですよ」

「足手《あしで》まといだと言っているのだ」

隼人正が言いにくそうにしている言葉を、横から美涼が引き取って言った。

「…………」

竜次郎は絶句した。

「奈良屋のような悪党は、通常二本差しの用心棒を、少なくとも十人以上は雇っているものだ。二本差しが相手では、お前にはどうしようもあるまい」

美涼の言葉はとりつく島もない冷たいものだったが、隼人正の言葉は労《いたわ》るような優しさに満ちていた。そのあまりの違いに、竜次郎はただただ啞然とし、隼人正は苦笑した。

こういうとき、男よりも女のほうが言葉がきつい。ただそれだけのことなのだが、他の男に対して冷たい言葉を吐く美涼のことが嬉しく思えてしまうのもまた、隼人正も男である以上、致し方のないことだった。

奈良屋の寮は、せせらぎの聞こえる川端にあり、その裏口は、即ち船着き場になっていた。

中でなにが行われているかさだかにはわからぬが、少なくとも、夜半、門前はシンと静まっている。あまりに静かすぎて、

（これは、罠ではないのか）

と疑いたくなったほどだ。

その疑いを伝えようと、

「師父さま？」

美涼が隼人正を顧みると、わかっている、と言いたげに隼人正は頷き、しかしすぐにゆっくりと頭《かぶり》を振った。

(罠と承知で乗り込むの?)

一瞬驚き、すぐに自らの愚かさを、美涼は恥じた。

もし仮に、これが奈良屋の仕掛けた罠だとしても、外から見る限り、隼人正の隠居所の半分ほどの広さしかなさそうな狭い寮で、一体どれほどの罠が仕掛けられるというのだろう。手勢を潜ませるとしても、せいぜい二十人も入れれば建物の中は身動きもできぬようになる。そして、二十人以下なら、どうということはない。

隼人正はそう判断したのだ。

閉ざされた冠木門《かぶきもん》を、隼人正が二度三度軽く叩くと、門はあっさり中から開かれた。

「奈良屋義兵衛殿の別宅とお見受けする。主人《あるじ》に取り次いでいただこう。こちらは、山城屋の子息・亥三郎を迎えにまいった者だ」

隼人正がゆっくりと言い終えたとき、門内にいた二人の用心棒は漸《ようや》く事態を悟り、刀に手をかけた。しかし、彼らが抜くよりも早く、隼人正は、反応の鈍い用心棒二人を、抜く手も見せず、瞬時に斬り捨てている。

斬ると同時に大股で歩みを早め、明かりの灯る家の中へと進んでゆく。美涼は慌ててそのあとを追う。

入口の戸は難なく開き、二人の侵入を阻む者もろくにいない。

屋内に入ると同時に、隼人正は大刀を鞘に戻している。入ってすぐの座敷には明かりが灯っており、髭面《ひげづら》で月代《さかやき》も伸びきった浪人者が二人、差し向かいで酒を酌《く》んでいた。

隼人正と美涼を見ると、さすがに顔色を変えたが、隼人正はこの二人をやり過ごしてずかずか押し入ると、隣の部屋の襖を開け放つ。

「おい、貴様ら——」

追い縋《すが》ってくる二人の浪人者の鳩尾《みぞおち》を、美涼は、鞘ぐるみ抜き取った脇差し「藤原《ふじわら》国路《くにみち》」のこじりで、すかさず突いた。男たちは声もなく悶絶し、その場に蹲《うずくま》る。

一方、隼人正が進んだ隣室は、十畳ほどの座敷で、総勢五名ほどの男たちがごろ寝していた。慌てて起きあがり、口々になにか叫んだときには既に、隼人正も美涼も座敷を通り抜けている。通り過ぎざま、美涼は男たちの後頭部を瞬時にこじりで薙ぎ払った。

男たちは、再び深い眠りの中へと落ちていった。

隼人正が更に襖を開けた先は、闇だった。

だが、闇の奥にぼんやり仄白《ほのじろ》い明かりが見える。

「ほう、地下室か」

隼人正は、その闇の中へと怖れもなく足を踏み入れる。夜目がきくので、たとえ真闇の中でも、真昼同様に身を処すことができる。当然美涼もそれに随った。

「ここから先は階《きざはし》だ。かなり急だから、気をつけよ」

隼人正はごく自然に美涼の手をとって導いてくれるが、その瞬間、不覚にも美涼の鼓動はひときわ大きく高鳴った。先日、隼人正の脇差しを手にしたときにも感じたと同じ感覚に、美涼は戸惑ってしまう。

少なくともそれは、これより危険に踏み入ろうとしている人間の感覚ではない。

「私にも、見えております。僅かではありますが、明かりが灯っているではありませんか」

だから美涼は、自ら隼人正のその手を振り払った。

「そうか」

隼人正は意にも介さず軽やかな足どりで階を駆け下りたが、美涼の胸には足下の階が軋むにも似た痛みが走った。

地下へ降りると、意外に広い空間が存在することに、美涼は驚いた。細長い通路の先に明かりが灯っているが、そこへ到るまでには、地上の建物の少なくとも二倍近い距離がある。

だが、そんな距離もものともせずに隼人正は通路を進み、やがて眼前に現れた引き戸を、片手でガラリと開け放った。

その瞬間、

（うッ）

美涼が思わず頭を抱えたくなったほどに多くの殺気が、隼人正に向かって放たれた。

「お待ち申し上げておりました、本多隼人正さま」

恭しい口調とは裏腹、不遜なまでにふてぶてしい男が、隼人正を出迎えた。

五十がらみで福々しい太り肉《じし》の商人が、座敷の中央にいた。

傍《かたわ》らには、齢《よわい》十五、六の、まだあどけない顔をした少年が引き据えられている。

それが亥三郎だとすれば、竜次郎とは似ても似つかぬ容貌の主だ。

暗くてよく見えないが、部屋の周囲には、殺気の主たちが大勢犇《ひし》めいているのだろう。

「大儀である、奈良屋義兵衛」

その殺気の中に、更なる火種でも放り込みたいのか、些か芝居がかったような調子で隼人正は言う。

「そこにおるのが、山城屋の亥三郎か？」

「仰せのとおりでございます」

「よもや、傷つけてはおらぬだろうな」

「大切なあずかりものでございますから、間違っても左様な真似はいたしませぬ」

「それは重畳《ちょうじょう》じゃ、奈良屋」

満足げに頷き、だがつと表情を変えると、

「いや、久しいのう、鳴海屋徳右衛門」

白刃のような眼で相手を見据えながら、隼人正は言い放った。

「え？」

美涼の驚きの声は、

「うふははははは……覚えておいでとは、ありがたい」

奈良屋――いや、鳴海屋徳右衛門の高笑いにあっさりかき消された。

「島暮らしで苦労したというのに、変わらぬな、そちは。以前より太っているではないか」

「うぉほほほほ……それはそうでございますよ。それにしても、ちっとも驚かれませぬな、いや、さすがでございます」

「鳴海屋？」

美涼は懸命に目を凝らし、その男の顔を見定めようとした。見覚えがあるような気もするが、正直よくわからなかった。

そもそも美涼が鳴海屋を見たのは桔梗屋の小杉板《ショウサンパン》時代、ほんの数回にすぎないし、廓《くるわ》に来るお客の顔など、当時は、皆同じようにしか見えなかった。

「おや、お嬢さまはお見忘れでございますか、淋しゅうございますな、美涼さま。……いや、小鈴」

本当に久しぶりで昔の名を呼ばれ、美涼の体は凍りついた。

これほどねっとりとして、全身を搦《から》められてしまいそうなほどに執拗な男の視線に触れたのははじめてで、美涼は束の間息ができなくなった。

「本多さまには、ひとかたならぬご厚情を賜りましたなぁ。是非お礼をいたしたく存じます」

「そのために、島抜けまでしてまいったとは見上げたものだ。まことに大儀である」

隼人正の顔つきはいつもと変わらず無表情だが、口調はどこか巫山戯《ふざけ》ているようにも聞こえた。それが、鳴海屋を怒らせるためにわざとしているのか、それとも自然に滲み出るものか、美涼には判別がつけられなかった。

この十年、屡々《しばしば》似たような状況には遭遇してきたが、その都度隼人正は、全く別の顔を見せる。余裕があるのか、それともないのか。

美涼にはわからない。

だが、わからないことがこれほど不安に思えたことも未だかつてない経験だった。

いままでは、隼人正がなにを考えているかなど、わからぬことがむしろ当たり前で、わからぬが故の不安など覚えることは終《つい》ぞなかった。

「お褒《ほ》めいただき、身に余る悦びにございます」

「別に褒めたつもりはないがな」

依然として、隼人正と鳴海屋との戯《ざ》れ言合戦は続く。永遠に続くかに思われたとき、

「これ、いつまでもそんなところに突っ立っていないで、お持てなしせぬか」

鳴海屋が、自らの背後に向かって、独《ひと》りごちるように言った。

次の瞬間、美涼は我が目を疑った。それまで、背後の屏風に画かれた金剛力士とばかり思われた黒っぽい影が、ユラリと蠢《うごめ》き、一歩踏み出したのだ。

影は忽《たちま》ち、六尺ゆたかの偉丈夫の実体となり、一歩また一歩と、進み出る。

それは、墨染《すみぞ》めの法衣《ほうい》を纏《まと》った有髪の僧侶だった。

僧侶の姿とは好対照に、赤銅色のその顔は、まさに血に飢えた悪鬼そのもの。得物こそ帯びていないが、法衣の袖から覗く二の腕は、文字どおり鋼のようだ。

「ほう、私を持てなすために、わざわざ化け物まで呼び寄せてくれたのか」

隼人正の言葉つきが相変わらず嬉しそうなことに、美涼はいよいよ不安を覚えた。目の前の敵の力量が本当にわかっていて、軽口をたたいているのか。それとも虚勢に過ぎないのか——。

それを知らしめる瞬間は、唐突に訪れた。

四

どがッ、

物を踏みつぶすような轟音とともに、金剛力士はその拳を隼人正に向けてきた。

(少林寺拳！)

反射的に退きながら、美涼はそのことに驚いた。法衣の偉丈夫が拳法使いだったことにではなく、それまで、多数の人間から発せられているとばかり思っていた莫大な殺気が、なんと、その男一人から発せられたものだったことに。

小さく飛び退いてその攻撃を避けつつ、隼人正は脇差しを抜く。

だがそれを構える暇もなく、すぐ次の攻撃が、隼人正を襲った。

上背《うわぜい》で優る男は、嵩《かさ》にかかって隼人正に迫り、間断なく拳を繰り出した。それを、僅かに身を捻るだけで、隼人正はすべてかわしている。

(さすがは師父さま、奴の攻撃をすべて見切っている)

だが、見切ってはいても、逆に攻撃に転じる余裕はないようで、防戦一方な隼人正を、美涼はただ案じて見守るしかない。

かつて少林寺拳を学んだことのある美涼だが、途中で老師を失ったため、極めるには到らなかった。その後剣を学んだが、拳法と剣との戦いになったならば、果たしてどちらが有利かなどとは、考えたこともない。

(でも、如何に優れた使い手とはいえ、相手は素手。一瞬の隙をついて間合いに踏み込めば、得物を手にした師父のほうが有利なはず)

と美涼が思ったとき、その男は一瞬動きを止め、自らの背後に手をやった。

その絶好の瞬間を、隼人正が見逃すわけもない。素早く間合いに踏み込み、男の脾腹から斬り上げようとしたその切っ尖《さき》を、
ぐあッ、
と鋼《はがね》で弾《はじ》き返され、隼人正の足もとが少しくふらついた。

「師父さまッ」

男は、自らの背に挟んでいた得物を引き抜き、それで隼人正の刀を払ったのだ。

それは、一尺ばかりの鋼の棒を鎖で繋いだ、《棍《こん》》という得物だった。防ぐことも攻めることもできる少林寺拳独特の得物だが、美涼は未だその使い方を教わってはいない。

その棍を、猛然と振り回しながら、男はジリジリと間合いを詰めてくる。勝手のわからぬ得物を手にした敵を持てあましたか、隼人正は防戦一方にまわらざるを得なかった。

時折掠《かす》める棍の先が、隼人正の額にかかる髪を揺らすのを、悪夢を見る思いで美涼は見つめる。

隼人正の漏らす一瞬の息づかい、苦しげなその表情が、刃のように美涼の心を貫いた。

(勝って、師父さまッ)

最早祈るしか術《すべ》のない美涼が、思わず目を瞑《つぶ》りたくなった瞬間――。

男のふるう棍の一端が、確実に隼人正の顔面を襲った。美涼は声を呑み、目を瞑りかけた。だが、瞑らなかった。最後まで見届けるのが自分の務めであるという使命感が、美涼に、ただのか弱い娘になってしまうことを許さなかった。

そのとき、隼人正の体が大きく沈み、激しく旋回する棍の威力で弾き飛ばされたかに見えた。

が、実際に、血飛沫をあげたのは、棍を操る拳法家のほうだった。そのとき、仰向けにのけ反ったかに見えた隼人正の足の裏が棍に当たってその動きを止めた。身を沈めて棍の先を、強《したた》か蹴り上げた。それと同時に、床に手を突いて倒れゆく体を反転させ、そのまま跳躍し、無防備になった男の鳩尾《みぞおち》を、深く脇差しで抉《えぐ》っていた。

「ぐぁはーッ」

男は胸を押さえて絶叫した。

その絶叫はやがて細く途切れ、男の長大な体は一瞬その場で静止して、それからグラリと頭から倒れた。

「師父さま」

一瞬後、隼人正が呼吸を整えるのを待ち、美涼はたまらず問いかけた。

「師父さまは、唐人拳と戦った経験がおありだったのですか?」

「いや、はじめてだ」

さほど息も乱さず隼人正は応える。

「では、何故、奴の動きを見切ることができたのです」

「さあ、何故であろう。常日頃、そなたの身ごなしを見ていて覚えたのかもしれぬな」

「まさか……」

隼人正の言い種《ぐさ》に、美涼は甚《はなは》だあきれたが、実際に目の前で倒してのけたのだから、仕方ない。

「チッ」

鳴海屋の舌打ちで、我に返ってそちらを顧《かえり》みると、亥三郎を足下《あしもと》に引き据えつつ、短筒の銃口をこちらに向けている。

「やめておけ。飛び道具は、使い慣れぬ者が手にしても、怪我をするだけだ」

美涼を背に庇いつつ、さも億劫《おっくう》そうに隼人正は言った。

「さあ、どうでしょうかな。近頃南蛮《なんばん》で流行《はや》っている最新式ですぞ。この距離ならば、外すほうが難しいかと存じます」

短筒を見た途端、隼人正の元気が半減したと感じたのだろう。

鳴海屋は、忽ち満面の笑みを浮かべてゆく。

「折角、大金を投じてこの化け物を呼び寄せたのであろうに、結局は自らの手でやることになるのか。とんだ無駄金を使ったな」

「商いには、ときにそういうこともございます。大きな儲けのためには、多少の損失も仕方ありませんな」

「一人前の商人《あきんど》のようなことを申すではないか」

「商人でございます故」

「悪徳商人ふぜいが、片腹痛いわ」

「ふほほほほほ……」

負け惜しみとも思える隼人正の悪口を、鳴海屋は楽しげに聞いている。

「楽しいお方でございますな、本多さまは。実にお名残惜しゅうございますが、そろそろ仕舞いにいたしましょう」

隼人正の悪口もそろそろ尽きたとみたか、鳴海屋の指が、引き金にかかる。

「仕方ないな、確かにキリがない」

隼人正が言うのと、鳴海屋が引き金をひくのと、果たしてどちらが先だったか。

ズガァンッ、

弾丸が爆《は》ぜたとき、だがその銃口は、残念ながら隼人正には向けられていなかった。

そのとき短筒は鳴海屋の手を離れ、一瞬高く弾けてから、くるくると床を転がった。

隼人正の体の陰から美涼の放った小柄が、鳴海屋の右手の甲に見事に突き刺さっていた。

また、小柄を投げるとともに床を蹴って跳躍した美涼は、次の瞬間、強か鳴海屋の下顎《したあご》を蹴りつけている。

「げ…ヒィッ」

鳴海屋は容易く悶絶し、太った体を床に横たえた。

「大丈夫か？」

助け起こすと、怯えた小動物のような顔をした亥三郎は、竜次郎とは似ても似つかぬ素直な顔で、小さく頷いた。

五

「奈良屋の正体が鳴海屋だということを、師父さまはいつからご存じだったのです？」

「そう責めるな」

美涼の問いには答えず、隼人正は書見を続けている。

こんなとき、よく書物になど目を通せるものだと思うが、

「別に、責めているわけではありませぬ」

その目が、少しも字面《じづら》など追ってはいないことに、美涼は薄々気づいている。

「ただ、小人目付を使って探索をさせていらっしゃるなら、もっと早く、教えてくだされぱよかったではありませんか」

「仕方あるまい。あれは、目付どもが勝手にしていることなのだ。職を辞した隠居身辺になど目を光らせずともよいと、いくら言ってもきかぬ。だが、それが、あれらに言いつけられた務めである以上、そう無下《むげ》にもできぬだろう」

「師父さまの身辺に、いまも幕閣や目付の目が光っているのは、やはり師父さまがやんごとなきお方のご落胤だからなのですね」

という言葉はとりあえず呑み込んで、美涼は黙って隼人正の言葉を聞いた。

「その目付が、少し前から、私やお前の身辺を嗅ぎ廻る不穏な輩《やから》がおるようだ、と言ってきた。怨まれる覚えなら、山ほどある身だ。別に珍しくもないことだと取り合わなかったが、その矢先我らの前に竜次郎が現れた。お前と知り合うたいきさつもあやしいものだし、てっきりその不穏な輩のまわし者かとも思うたのだが」

「それで、竜次郎を家に入れたのですか」

「敵を知るには、身近におくのが一番だからな。結局、なんのまわし者でもなかったわけだが……」

　隼人正の口許が薄く弛《ゆる》んで、無意識の笑みがこぼれる。一時でも竜次郎に疑いの目を向けた自分が、いまとなっては可笑しくて仕方ないのだろう。そんな隼人正の自虐の笑いを、美涼はしばし盗み見る。

　しかる後、また問いかけた。

「鳴海屋はどうなりましょう」

「さあな、あの寮の地下室で、借金のカタに連れてきた若い娘らを嬲《なぶ》っておったくらいでは、たいした罪にはならぬかもしれぬが」

「そんな！」

「いや、それ以前に、島抜けは重罪。ましてや、別人を装い、畏れ多くもご府内で商いをしておったなど、言語道断。今度こそ死罪じゃ」

　いまにも柳眉を逆立てんとする美涼を宥《なだ》めるように言うと、隼人正は書見台を脇へ除け、やおら畳に身を横たえた。

「疲れた」

　滅多に見られぬ師父の怠惰な姿を、目を丸くして美涼は見つめる。

「師父さま？」

「私をいくつだと思っておる。……この歳で、あんな化け物と戦うなど、さすがにしんどいわ」

「でも、お見事でございました」

美涼は懸命に笑顔をつくったが、隼人正の機嫌は容易にはなおらない。

「次はもうごめんだぞ。次は、そなたが相手をしろ」

「私には、まだ無理です。もっと、師父にお教えいただかねば」

宥めるように言い、美涼は隼人正を覗き込んだ。

「腰などお揉みいたしましょうか？」

「ん…それもよいが、とりあえず」

と言いざま不意に両腕を伸ばして美涼の体の向きを変えると、その膝に、隼人正はいきなり頭をのせてきた。

「貸せ」

「師父さま」

美涼の膝に頭をのせ、目を閉じてしまった隼人正に戸惑いながら、だがそれ以上言葉をかけることはできなかった。

目を閉じてほどもなく、軽い寝息が聞こえはじめたのだ。なにもかも、はじめての

ことに、美涼はただ当惑し、どうしてよいかわからず途方にくれる。息をつめ、そのひとの寝顔にしばし見とれてから、

(本当に、お疲れなんだ)

改めて、悟った。

無防備に眠る男のその重みが、存外心地良く感じられるようになった頃――。

かんかんのう　きゅうれんす

どこからともなく、調子はずれな酔漢らしき歌声が聞こえてくる。

耳障りなはずの歌声がいまはさほど気にならない。戦いの最中に感じた故のない不安も、縁先に降りかかる初夏の陽光に溶け入るかのように、いまはすっかり消えていた。

時代小説

二見時代小説文庫

枕橋《まくらばし》の御前《ごぜん》 女剣士《おんなけんし》 美涼《みすず》1

著者 藤《ふじ》 水名子《みなこ》

発行所 株式会社 二見書房
東京都千代田区三崎町二―一八―一一
電話 〇三―三五一五―二三一一［営業］
〇三―三五一五―二三一三［編集］
振替 〇〇一七〇―四―二六三九

印刷 株式会社 堀内印刷所
製本 ナショナル製本協同組合

落丁・乱丁本はお取り替えいたします。
定価は、カバーに表示してあります。

 ISBN978－4－576－12070－6
http://www.futami.co.jp/

夜逃げ若殿 捕物噺 夢千両すご腕始末
聖龍人［著］
御三卿ゆかりの姫との祝言を前に、江戸下屋敷から逃げ出した稲月千太郎。黒縮緬の羽織に朱鞘の大小、骨董目利きの才と剣の腕で江戸の難事件解決に挑む！

夢の手ほどき 夜逃げ若殿 捕物噺2
聖龍人［著］
稲月三万五千石の千太郎君、故あって江戸下屋敷を出奔。骨董商・片岡屋に居候して山之宿の弥市親分とともに謎解きの才と秘剣で大活躍！大好評シリーズ第2弾

姫さま同心 夜逃げ若殿 捕物噺3
聖龍人［著］
若殿の許婚・由布姫は邸を抜け出て悪人退治。稲月三万五千石の千太郎君との祝言までの日々を楽しむべく由布姫は江戸の町に出たが事件に巻き込まれた。

妖《あや》かし始末 夜逃げ若殿 捕物噺4
聖龍人［著］
じゃじゃ馬姫と夜逃げ若殿。許婚どうしが身分を隠してお互いの正体を知らぬまま奇想天外な妖かし事件の謎解きに挑み、意気投合しているうちに…第4弾！

姫は看板娘 夜逃げ若殿 捕物噺5
聖龍人［著］
じゃじゃ馬姫と名高い由布姫は、お忍びで江戸の町に出て会った高貴な佇まいの侍・千太郎に一目惚れ。探索に協力してなんと水茶屋の茶屋娘に！シリーズ最新刊

火の砦 (上) 無名剣 (下) 胡蝶剣
大久保智弘［著］
鹿島新当流柏原道場で麒麟児と謳われた早野小太郎は、剣友の奥村七郎に野駆けに誘われ、帰途、謎の騎馬軍団に襲われた！それが後の凶変の予兆となり…。

公家武者 松平信平《のぶひら》 狐のちょうちん
佐々木裕一［著］
後に一万石の大名になった実在の人物・鷹司松平信平。紀州藩主の姫と婚礼したが貧乏旗本ゆえ共に暮せない。町に出ては秘剣で悪党退治。異色旗本の痛快な青春

姫のため息 公家武者 松平信平《のぶひら》2
佐々木裕一［著］

江戸は今、二年前の由比正雪の乱の残党狩りで騒然。背後に紀州藩主頼宣追い落としの策謀が……。まだ見ぬ妻と、舅を護るべく公家武者の秘剣が唸る。

四谷の弁慶 公家武者 松平信平3
佐々木裕一［著］

千石取りになるまでは信平は妻の松姫とは共に暮せない。今はまだ百石取り。そんな折、四谷で旗本ばかりを狙い刀狩をする大男の噂が舞い込んできて……。

人生の一椀 小料理のどか屋 人情帖1
倉阪鬼一郎［著］

もう武士に未練はない。一介の料理人として生きる。一椀、一膳が人のさだめを変えることもある。剣を包丁に持ち替えた市井の料理人の心意気、新シリーズ！

倖せの一膳 小料理のどか屋 人情帖2
倉阪鬼一郎［著］

元は武家だが、わけあって刀を捨て、包丁に持ち替えた時吉の「のどか屋」に持ちこまれた難題とは…。心をほっこり暖める時吉とおちよの小料理。感動の第2弾

結び豆腐 小料理のどか屋 人情帖3
倉阪鬼一郎［著］

天下一品の味を誇る長屋の豆腐屋の主が病で倒れた。このままでは店は潰れる。のどか屋の時吉と常連客は起死回生の策で立ち上がる。表題作の外に三編を収録

手毬寿司 小料理のどか屋 人情帖4
倉阪鬼一郎［著］

江戸の町に強風が吹き荒れるなか上がった火の手。店を失った時吉とおちよは無料炊き出し屋台を引いて復興への一歩を踏み出した。苦しいときこそ人の情が心にしみる！

雪花菜飯《きらずめし》 小料理のどか屋 人情帖5
倉阪鬼一郎［著］

大火の後、神田岩本町に新たな店を開くことができた時吉とおちよ。だが同じ町内にけれん料理の黄金屋金多が店開きし、意趣返しに「のどか屋」を潰しにかかり…

二見時代小説文庫

日本橋物語 蜻蛉屋お瑛

森 真沙子［著］

この世には愛情だけではどうにもならぬ事がある。土一升金一升の日本橋で店を張る美人女将が遭遇する六つの謎と事件の行方……心にしみる本格時代小説

迷い蛍 日本橋物語2

森 真沙子［著］

御政道批判の罪で捕縛された幼馴染みを救うべく蜻蛉屋の美人女将お瑛の奔走が始まった。美しい江戸の四季を背景に人の情と絆を細やかな筆致で描く第2弾

まどい花 日本橋物語3

森 真沙子［著］

〝わかっていても別れられない〟女と男のどうしようもない関係が事件を起こす。美人女将お瑛を捲き込む新たな難題と謎…。豊かな叙情と推理で描く第3弾

秘め事 日本橋物語4

森 真沙子［著］

人の最期を看取る。それを生業とする老女瀧川の告白を聞き、蜻蛉屋女将お瑛の悪夢の日々が始まった…。なぜ瀧川は掟を破り、触れてはならぬ秘密を話したのか？

旅立ちの鐘 日本橋物語5

森 真沙子［著］

喜びの鐘、哀しみの鐘、そして祈りの鐘。重荷を背負って生きる蜻蛉屋お瑛に春遠き事件の数々…。円熟の筆致で描く出会いと別れの秀作！叙情サスペンス第5弾

子別れ 日本橋物語6

森 真沙子［著］

風薫る初夏、南東風と呼ばれる嵐が江戸を襲う中、二人の女が助けを求めて来た……。勝気な美人女将お瑛が、優しいが故に見舞われる哀切の事件。第6弾！

やらずの雨 日本橋物語7

森 真沙子［著］

出戻りだが病いの義母を抱え商いに奮闘する通称とんぼ屋の女将お瑛。ある日、絹という女が現れ、紙問屋若松屋主人誠蔵の子供の事で相談があると言う。

お日柄もよく 日本橋物語8
森 真沙子［著］
日本橋で店を張る美人女将お瑛に、祝言の朝に消えた花嫁の身代わりになってほしいという依頼が……。多様な推理小説を追究し続ける作家が描く下町の人情

桜追《はな》い人 日本橋物語9
森 真沙子［著］
美人女将お瑛のもとに、岡っ引きの岩蔵が凶報を持ち込んだ……「両国河岸に、行方知れずのぁんたの実父が打ち上げられた」というのだ。シリーズ最新刊！

剣客相談人 長屋の殿様 文史郎
森 詠［著］
若月丹波守清胤、三十二歳。故あって文史郎と名を変え、八丁堀の長屋で貧乏生活。生来の気品と剣の腕で、よろず揉め事相談人に！心暖まる新シリーズ！

狐憑きの女 剣客相談人2
森 詠［著］
一万八千石の殿が爺と出奔して長屋暮らし。人助けの万相談で日々の糧を得ていたが、最近は仕事がない。米びつが空になるころ、奇妙な相談が舞い込んだ…

赤い風花《かざはな》 剣客相談人3
森 詠［著］
風花の舞う太鼓橋の上で旅姿の武家娘が斬られた。瀕死の娘を助けたことから「殿」こと大館文史郎は巨大な謎に立ち向かう！大人気シリーズ第3弾！

乱れ髪 残心剣 剣客相談人4
森 詠［著］
「殿」は、大川端で心中に見せかけた侍と娘の斬殺死体を釣りあげてしまった。黒装束の一団に襲われ、御三家にまつわる奥深い事件に巻き込まれていくことに…！

剣鬼往来 剣客相談人5
森 詠［著］
殿と爺が住む八丁堀の裏長屋に男装の女剣士が来訪！大瀧道場の一人娘・弥生が、病身の父に他流試合を挑む凄腕の剣鬼の出現に苦悩、相談人らに助力を求めた！

居眠り同心 影御用 源之助 人助け帖
早見俊［著］

凄腕の筆頭同心がひょんなことで閑職に……。暇で暇で死にそうな日々に、さる大名家の江戸留守居から極秘の影御用が舞い込んだ。新シリーズ第1弾！

朝顔の姫 居眠り同心 影御用2
早見俊［著］

元筆頭同心に御台所様御用人の旗本から息女美玖姫探索の依頼。時を同じくして八丁堀同心の不審死が告げられた。左遷された凄腕同心の意地と人情。第2弾！

与力の娘 居眠り同心 影御用3
早見俊［著］

吟味方与力の一人娘が役者絵から抜け出たような徒組頭次男坊に懸想した。与力の跡を継ぐ婿候補の身上を探れ！「居眠り番」蔵間源之助に極秘の影御用が…！

犬侍の嫁 居眠り同心 影御用4
早見俊［著］

弘前藩御馬廻り三百石まで出世した、かつての竜虎と謳われた剣友が妻を離縁して江戸へ出奔。同じ頃、弘前藩御納戸頭の斬殺体が江戸で発見された！

草笛が啼《な》く 居眠り同心 影御用5
早見俊［著］

両替商と老中の裏を探れ！北町奉行直々の密命に居眠り同心の目が覚めた！同じ頃、母を老中の側室にされた少年が江戸に出て…。大人気シリーズ第5弾

同心の妹 居眠り同心 影御用6
早見俊［著］

兄妹二人で生きてきた南町の若き豪腕同心が濡れ衣の罠に嵌まった。この身に代えても兄の無実を晴らしたい！血を吐くような娘の想いに居眠り番の血がたぎる！

殿さまの貌《かお》 居眠り同心 影御用7
早見俊［著］

逆袈裟魔《ぎゃくげさま》出没の江戸で八万五千石の大名が行方知れずとなった！元筆頭同心で今は居眠り番と揶揄される源之助のもとに、ふたつの奇妙な影御用が舞い込んだ！